Jana Scheerer

Die Rassistin

Roman

Schöffling & Co.

gingen im Moment einfach besser und würden häufiger besprochen.

Antons Text habe ich eins zu eins übernommen und – im Sinne der Transparenz und zum Zweck der Kontextualisierung – alle mir bekannten Kommentare und Hinweise aus Antons Umfeld miteinbezogen. Selbstverständlich kann ich für beiderlei Inhalt keine Verantwortung übernehmen.

Jana Scheerer, 46, gute Bekannte des Autors

Jana Scheerer

Die Rassistin

Roman

Schöffling & Co.

Die Arbeit der Autorin am vorliegenden Roman wurde vom Deutschen Literaturfonds e. V. gefördert.

Kaiserstraße 79, D-60329 Frankfurt am Main

Einbandgestaltung: Anja Grimm Gestaltung
Einbandmotiv: iStock.com/chuckchee
Satz: Herr K | Jan Kermes
Druck & Bindung: Friedrich Pustet, Regensburg
ISBN 978-3-89561-353-1

www.schoeffling.de

Aus Transparenzgründen möchte ich an dieser Stelle darauf hinweisen, dass ich den vorliegenden Roman nicht selbst verfasst habe. Trotz eines großzügigen Stipendiums des Deutschen Literaturfonds und viel guten Zuredens meiner Agentin, meines Verlegers und meiner Ehefrau ist es mir leider nicht gelungen, aus meinem Exposé zum Projekt »Die Rassistin« einen Roman zu machen. Ich bekam den Stoff und die Figur nicht in den Griff; hatte wohl auch zu viele Skrupel.

Von diesen Schwierigkeiten berichtete ich vor einiger Zeit einem guten Bekannten, dem Schriftsteller und Literaturwissenschaftler Anton Ansbach. Er lud mich zum Kaffee ein, tröstete mich – und stand genau ein halbes Jahr später plötzlich lächelnd mit einer dicken Mappe unter dem Arm bei mir vor der Tür. Er habe da einfach mal was runtergeschrieben, sagte er, im Rahmen seiner Tätigkeit an der Universität habe er nämlich eine Sache am Rande mitbekommen, die gut zum Titel »Die Rassistin« passe.

Etwas befremdlich war es schon für mich, dass Anton aus meinem Titel und meiner Idee einen eigenen Roman entwickelt hatte, der vollkommen anders war als das, was mir vorschwebte. Aber immerhin gab es jetzt den Text, und er gefiel mir ganz gut. Anton schlug vor, mit dem Geld vom Literaturfonds und dem Vorschuss vom Verlag halbe-halbe zu machen und meinen Namen auf den Buchdeckel zu setzen. Bücher von Autorinnen, meinte er, gingen im Moment einfach besser und würden häufiger besprochen.

Antons Text habe ich eins zu eins übernommen und – im Sinne der Transparenz und zum Zweck der Kontextualisierung – alle mir bekannten Kommentare und Hinweise aus Antons Umfeld miteinbezogen. Selbstverständlich kann ich für beiderlei Inhalt keine Verantwortung übernehmen.

Jana Scheerer, 46, gute Bekannte des Autors

Stimmt schon, ich würde lieber in einem versöhnlicheren Roman mitspielen.

Nora Rischer, 44, Hauptfigur

Es ist ja Antons Sache, was er schreibt, und ich judge auch eigentlich nicht gerne. Aber dass er als Protagonistin diesmal eine lesbische Cis-Frau nimmt, finde ich schwierig. Okay, Anton ist vierundvierzig, so wie die Hauptfigur, und er ist schwul – aber das ist doch nicht das Gleiche. Anton meint dazu, er könnte sich zum Beispiel bei der Szene in der Kinderwunschpraxis das Sitzen im gynäkologischen Untersuchungsstuhl gut vorstellen, weil er so oft beim Proktologen wäre, und da müsse er auch mit gespreizten Beinen auf so einen Stuhl. Aber woher will er wissen, ob das so ähnlich ist? Er hat doch den Vergleich gar nicht. Anus und Vulvina, das sind vollkommen verschiedene Welten.

Mia Z., 18, Nachbarstochter des Autors

Anton hat mich darüber in Kenntnis gesetzt, dass er einen Roman aus dem Vorfall in meinem Seminar gemacht hat. Also, aus den Geschehnissen. Diesen Rassismusvorwürfen gegen mich. Die Geschichte ist schon ein paar Semester her, trotzdem wühlt es mich immer noch auf, wenn ich daran denke. Deshalb konnte ich mich auch bisher nicht überwinden, das Manuskript zu lesen. Fast bereue ich es, dass ich Anton damals ins Vertrauen gezogen habe. Er hat mir zwar versichert, dass zwischen seiner Hauptfigur Nora Rischer und mir keine Gemeinsamkeiten bestehen und mich niemand erkennen wird. Ich behalte mir trotzdem rechtliche Schritte vor.

Prof. Dr. Brigitte E., Universitätskollegin des Autors

Wissen Sie, was ich zu allen meinen Patienten sage? Ich sage: »Ich habe Humor, den brauche ich auch, denn ich schau den ganzen Tag in Ärsche.« Mit meiner humorvollen Art kommt allerdings nicht jeder klar, es haben mich sogar schon Patienten im Internet miesgemacht, nur wegen dem ehrlichen deutschen Wort »Arsch«! Na, das haben die umsonst. Der Herr Ansbach ist da anders, der kann noch lachen. Das muss er auch, schon wieder vergrößerte Hämorrhoiden, ich sag mal: Bei Herrn Ansbach kommen eben leider zwei Risikofaktoren zusammen. Er sitzt viel, und er ist schwul. Ist nicht böse gemeint, aber ist eben einfach so. Da muss der Anus, auf gut Deutsch gesagt, so einiges einstecken. Ansonsten ist Herrn Ansbachs Arsch top, das habe ich ihm auch genauso gesagt, er sitzt nur eben einfach zu viel, ich sag mal: Das lässt sich in dem Beruf wohl nicht vermeiden. Trotzdem sollte er Pausen einlegen, zwischendurch aufstehen, den Beckenboden entlasten, aber als ich ihm das bei seinem letzten Besuch vor einigen Monaten mal so vorsichtig angedeutet habe, hat er nur abgewunken, das ginge zurzeit nicht, er sitze nämlich gerade an der Korrektur von seinem neuen Roman. »Und, worum geht's?«, habe ich gefragt. Wenn ich das Proktoskop einführe, erkundige ich mich nämlich immer ganz gern nach Hobbies, Beruf oder Enkelkindern, das lenkt die Leute ab. Bei den Antworten höre ich normalerweise gar nicht richtig hin – aber bei Herrn Ansbach habe ich dann doch aufgehorcht. In seinem neuen Roman *Die Rassistin* geht es wohl um diese ganze Beleidigte-Leberwurst-Entschuldigungs-Hysterie zurzeit, wer was gesagt haben soll, wer ein Wort benutzt haben soll, das nicht mehr benutzt werden sollte, und wer sich dafür sofort entschuldigen muss und wer sich dafür tatsächlich entschuldigt und wer nicht und wer was darüber denkt und wer sich davon jetzt wieder verletzt fühlt. Haargenau so hat Herr Ansbach das zwar nicht formuliert, er war eigentlich fast etwas einsilbig, als ich seine Hämorrhoidalknoten verödet habe, aber ich habe schon verstanden, wie er das meint. Und ich sag mal: Genauso ist es, der Herr Ansbach liegt da völlig richtig, diese ganzen beleidigten Leutchen bräuchten dringend ein paar echte Probleme, dann wäre der Quatsch bald vorbei. Zum Beispiel sollten die mal den ganzen Tag in Ärsche schauen müssen ... Spaß beiseite, ich habe das Buch bis jetzt noch nicht gelesen, bin noch nicht dazu gekommen, aber ich finde es gut, es wurde wirklich Zeit, dass da mal einer differenziert was dazu schreibt, so wie Herr Ansbach. Wir brauchen doch dringend was Differenziertes zu diesem ganzen hysterischen Blödsinn. Aber so richtig differenziert, mit Schmackes!

Dr. med. Dieter L., Proktologe des Autors

Anton hat mir sein neues Buch *Die Rassistin* geschenkt (er schenkt mir all seine Bücher, mit Widmung), aber ich habe noch nicht reingeschaut, ich hatte noch nicht die Zeit dazu. Ich finde es jedenfalls wirklich gut, dass Anton sich damit auseinandersetzt, wie verbreitet Rassismus in Deutschland trotz aller Bemühungen leider immer noch ist.

Nina T., 43, beste Freundin des Autors

Mir erscheint der Roman ziemlich problematisch. Ich habe da Bauchschmerzen. Wenn man mit einem Text in einen so sensiblen Diskurs eingreift, wenn man das Risiko eingeht, Menschen vor den Kopf zu stoßen, Menschen zu verunsichern, Menschen zu verletzen – dann stellt sich für mich die Frage: Bringt dieser Text uns überhaupt weiter, ist dieser Text hilfreich? Das würde ich in diesem Fall eher mit Nein beantworten. Ich befürchte, dass der Roman sogar Beifall von der falschen Seite erhalten wird. Leider ist Anton auf keinen meiner vorsichtigen Änderungsvorschläge eingegangen. Und der Verleger hat darauf bestanden, dass wir das Buch genau so bringen. Er ist ganz begeistert von Antons »literarischem Formbewusstsein«, von seinem »virtuosen Humor vor dem komplexen Hintergrund zutiefst menschlicher Unzulänglichkeit.« Ist vielleicht auch ein Generationending, Anton und er sind ja beide weiße Männer Mitte vierzig. Oder der Verleger hofft einfach auf einen kleinen Skandal. Tja, er muss wissen, was er tut.

Hannah B., 31, Lektorin

Es wäre mir lieber, wenn Anton sich nicht so weit aus dem Fenster lehnen würde. Das gibt doch Ärger, an der Uni auf jeden Fall und vielleicht auch darüber hinaus. Und unserer Ehe hat das Buch ohnehin schon geschadet, weil Anton während des Schreibens partout wollte, dass ich als Leser »mit Migrationshintergrund« meine Meinung dazu abgebe. Nur weil meine Großeltern aus Italien nach Deutschland gekommen sind, muss ich jetzt seinen persönlichen Sensitivity Reader spielen. Früher hat Anton mich um meine literarische Meinung zu seinen Texten gebeten.

Fabio A., 41, Ehemann des Autors

Anton Ansbach

Die Rassistin

Roman

1.

Beginn der Untersuchung
Mittwoch, 10. Januar, 12:05 Uhr, Berlin-Frohnau

Auch wenn die hier untersuchten Ereignisse etwas anderes nahelegen, wäre es falsch, Nora Rischer einen grundsätzlichen Mangel an Achtsamkeit, Rücksicht oder Empathie zu attestieren. Rischer vermeidet Flugreisen –

Jedenfalls die Kurzstrecken!, ruft Rischer.

Rischer verspeist keine Lebewesen –

Außer manchmal Nordseekrabben, murmelt Rischer.

Rischer fährt nicht Auto –

Höchstens im Urlaub!

Und Rischer benutzt keine Kaffeekapseln –

Nur im Büro.

Sie ist ein guter Mensch mit einem schlechten Gewissen. Alles Unrecht der Welt lastet auf ihr, als wäre es ihre Schuld. Als sie vor einigen Jahren bei einem USA-Aufenthalt in einem Supermarkt an einem Regal die Beschriftung *Guilt Free Zone* entdeckte (es befanden sich ausschließlich zuckerfreie Produkte darin), kam sofort der Wunsch in ihr auf, ein Brett auszuräumen und sich in das Regal zu betten. Eine schuldfreie Zone wäre das Paradies für Rischer. Sie ist also weit davon entfernt, sich über die Folgen ihres Handelns keine Gedanken zu machen.

Rischer faltet die Arme vor ihrer mit einer weißen Bluse bekleideten Brust, blickt auf ihre nackten, blass-blauen Beine und nickt.

Allerdings fragen sich viele von uns, ob Rischers generalisiertes, abstraktes schlechtes Gewissen nicht auch der Abwehr von Schuld dienen könnte. Übertüncht Rischer das Nagen der Dinge, für die sie wirklich und tatsächlich verantwortlich ist, mit einem schlechten Gewissen wegen jener Dinge, an denen sie zumindest nicht unmittelbar schuld ist – und das sich deshalb viel leichter beruhigen lässt?

Äh, wie bitte?

Vorsicht, Frau Rischer, lehnen Sie sich nicht zu weit vor! In diesen Untersuchungsstühlen verliert man schnell das Gleichgewicht.

Rischer schüttelt den Kopf. Mache ich mich jetzt auch noch schuldig damit, dass ich mich schuldig fühle? Kann ich noch irgendwas sagen, tun, fühlen, ohne gleich an irgendetwas schuld zu sein? Rischer haut mit der schlaffen linken Faust auf ihren nackten, schlecht rasierten Oberschenkel. Und wo man sich überall rasieren muss!, schimpft Rischer, und wenn man sich mal wo ein paar Haare wachsen lässt, ist das gleich eine identitätsbildende Maßnahme. #letitgrow!

Es ist diese für Rischer untypische Wut, die uns alarmiert hat, die uns gezeigt hat, dass hier eingegriffen, geholfen werden muss, dass an diesem kalten Januartag in diesem energetisch sanierten Gebäude, in diesem sanft abgedunkelten Behandlungszimmer, in diesem modernen Untersuchungsstuhl, unter diesem Mobile aus saftigen Äpfelchen, Blumen und Bienen und eifrigen Störchen, eine eigentlich einfühlsame und wache Person liegt, der es aber gerade nicht gutgeht, die sich unverstanden fühlt, die nicht versteht, die nicht mehr mitkommt, die dabei ist, abzurutschen, wegzugleiten, der einiges erklärt werden muss.

Denn es ist keine gesunde Wut, die Rischer fühlt, diese Wut dient keinem guten Zweck, nein, diese Wut ist nicht progressiv, sondern – wir müssen es leider so sagen, Frau Rischer – diese Wut ist rückwärtsgewandt und egozentrisch.

Die Lektorin
Dieser passiv-aggressive Tonfall der Wir-Stimme ist definitiv problematisch. Das wirkt als Geste des Autors in sich auch wieder passiv-aggressiv, finde ich. Und so holt man doch die Leser*innen nicht ab.

Prof. Dr. Brigitte E.
Gott sei Dank, diese Nora Rischer hat ja wirklich gar nichts mit mir gemein.

Der Proktologe des Autors
Ich sag mal: Das Buch habe ich mir anders vorgestellt.

Die beste Freundin des Autors
Ich dachte, es geht um Rassismus?

Unsinn! Rischer wackelt mit den violett angelaufenen Zehen. Nicht meine angebliche Wut hat euch »alarmiert«, sondern ich selbst habe euch vor fünf Minuten engagiert, nachdem ich die E-Mail bekommen habe. Weil ich nämlich vollkommen ehrlich sein will, weil ich nämlich nichts Falsches – nichts Unrichtiges, korrigiert Rischer sich – nichts Unrichtiges annehmen will in Bezug auf … auf den Vorfall, um den es in dieser E-Mail geht. Die Sache. Die Angelegenheit. Die Begebenheit. Die Ereignisse. Die Geschehnisse … Rischers Zehen kommen aus dem Rhythmus, verhaken sich fast, Rischer verstummt.

Rischer denkt gerade über etwas nach, das sie nicht mit uns teilen möchte, stellen viele von uns besorgt fest.

Aber das muss sie auch nicht. Wir sind auf Rischers Auskünfte nicht angewiesen, denn wir sprechen zwar mit Rischer, hören uns ihre Version des Vorfalls – der Geschehnisse, murmelt Rischer – also: der Geschehnisse an, doch einige von uns haben auch Zugang zu Rischers Gedanken und Gefühlen. Sie gewährt ihn, weil sie ganz sicher gehen möchte, vollkommen ehrlich zu sein, nicht nur in Bezug auf ihr Verhalten und die äußeren Umstände, sondern auch in Bezug auf ihre inneren Einstellungen und Motivationen.

Seht ihr, *ich* habe *euch* engagiert, Rischer triumphiert, und nicht umgekehrt, ihr gebt es also zu, und zwar zum Faktenchecken, und nicht, um Behauptungen über mich an den Haaren herbeizuziehen!

Nichtsdestotrotz ist es doch Fakt, Frau Rischer, dass Sie wütend sind?

Ja, aber nicht, weil ich verzweifelt bin oder abgehängt oder weil mir was erklärt werden muss!

Nichtsdestotrotz ist es doch Fakt, Frau Rischer, dass Sie die Einordnung der Geschehnisse durch das Referat gegen Rassismus des AStA noch nicht so ganz nachvollziehen können?

Ja, weil das alles Unsinn ist!

Die Empfindungen der Betroffenen erscheinen Ihnen also unsinnig, Frau Rischer? Das ist Fakt?

Ja, weil … Rischer blickt auf das Mobile. Die Störche, die Äpfel, die Bienen und die Blumen haben an Schwung verloren. Ist eigentlich auch egal. Ich bin gar nicht wütend.

Rischer ist also nicht mehr wütend –

Ich war auch nie wütend!

Na gut, wenn es Sie glücklich macht, Frau Rischer, erklären wir dies zum Fakt: Rischer war auch nie wütend. Sie sehen, wir sind entgegenkommend.

Weil es Fakt *ist*!, beharrt Rischer. Dass ich nie wütend war.

Wie Sie wünschen, Frau Rischer: Weil es Fakt ist. Können wir uns nun der Untersuchung des Vorfalls zuwenden?

Es ist nicht deshalb Fakt, weil ich es mir wünsche, sondern: Weil. Es. So. Ist.

Wie Sie wollen, Frau Rischer, weil es so ist.

Nicht, weil ich es will, sondern weil –

Unter uns entsteht Unruhe, Ungeduld. Warum ist Rischer, die bisher jede soziale Realität für konstruiert hielt, plötzlich so wild auf Fakten? Hat sie doch bis vor Kurzem noch bei allen Gelegenheiten mit einem Glas Rotwein in der Hand verkündet: *Fakten sind heutzutage auf jede Party eingeladen, saufen dann zu viel und desavouieren sich.*

Ja, Rischer winkt ab, aber das war vor –

Vor dem Vorfall, Frau Rischer?

Den Geschehnissen, korrigiert Rischer, und wir sollten Verständnis dafür haben, dass sie so auf diesem Wort besteht. Erstens wäre es sehr viel angenehmer für Rischer, wenn der Vorfall kein Vorfall wäre, und zweitens hat sie in der Situation den Vorfall gar nicht als Vorfall erkannt.

Das stimmt, Rischer nickt versöhnt, und das ist doch mal ein interessanter Fakt, das weist doch auf etwas hin: Mir ist von der betreffenden Seminarsitzung ein vollkommen anderes Detail besonders in Erinnerung geblieben. Rischer bemerkt, wie weit sie im Untersuchungsstuhl nach unten gerutscht ist, und stemmt sich mit den Füßen hoch, woran sie sich nämlich erinnere, sagt Rischer, sei der in der überartikulierten Aussprache süddeutscher Dialektsprecher geäußerte Satz – Rischer atmet ein, gibt ihrem Gesicht einen bieder-harmlosen Ausdruck: *Dieses fucking Seminar hat* – Rischer spricht langsam, laut, überdeutlich – *Dieses fucking Seminar hat mit dem Real Life sowas von überhaupt nichts zu tun!*

Rischer macht eine Pause, erwartet ein Lachen, erhofft ein Lachen, ein Gemeinschaft stiftendes Lachen vielleicht, doch weshalb, Frau Rischer, sollten wir uns über Ihre möglicherweise verletzend wirkende Imitation dieser Sprechweise amüsieren?

Ich höre da aber doch einige lachen, sagt Rischer. Ganz im Hintergrund.

Sie täuschen sich, Frau Rischer, da lacht niemand.

Dann eben nicht. Rischer räuspert sich, spricht weiter, schneller, schwunglos: *Dieses fucking Seminar hat mit dem Real Life sowas von überhaupt nichts zu tun.* Ein Studierender in der ersten Reihe, berichtet Rischer, einer von diesen selbstbewusst geschniegelten, einer von denen mit der Aura eines angehenden Investmentberaters, ein Studierender der Art, die es früher in den Geisteswissenschaften gar nicht gab, oder höchstens in der Geschichtswissenschaft, dieser Studierende jedenfalls hat das vor der Sitzung zu seiner Sitznachbarin gesagt. Ich habe in dem Moment gerade mein Notebook an den Beamer angeschlossen, also nach unten geschaut, trotzdem muss dem Studierenden klar gewesen sein, dass ich ihn hören kann – aber er hat nicht etwa aggressiv oder aufsässig gesprochen, nein, nein, sondern in einem leicht resignativen, locker-verbindlichen Ton, so wie man über den Klimawandel plaudert oder die Verspätungen der Deutschen Bahn. Rischer schüttelt ungläubig den Kopf. Und als ich das Seminar dann eröffnet habe, ging schlagartig eine interessante Veränderung mit ihm vor: Eben hatte er noch auf seinem Stuhl gehangen wie ein nasser Sack auf dem Sofa, nun straffte er sich plötzlich – Rischer richtet sich im Untersuchungsstuhl auf, so gut es eben geht –, saß da, als hätte er einen Stock verschluckt, hielt einen blauen Füllfederhalter – Rischer führt Daumen und Zeigefinger zusammen – schreibbereit in der Hand, nickte verstehend, meldete sich mit steil zur Decke gerecktem Finger, schnipste sogar mehrmals ungeduldig, als ich ihm nicht sofort das Wort erteilte, und lieferte verbindlich-bemühte Beiträge. Nur um, sobald die Sitzung beendet war, wieder in sich zusammenzusinken und überlaut festzustellen: *Endlich fucking vorbei!*

Rischer lehnt sich in ihren Untersuchungsstuhl zurück und seufzt: Immerhin hat dieser Teilnehmende das Thema des Seminars gleich praktisch umgesetzt. Es geht dabei nämlich darum, wie wir durch unser Verhalten soziale Situationen konstruieren.

»Frau Rischer?«

»Ja?«

»Die Frau Doktor ist gleich bei Ihnen, dauert nur noch einen kleinen Moment. Die Eisprungspritze haben Sie ja heute Morgen gesetzt, oder?«

Rischer nickt, »ja, heute Morgen um fünf«, die Tür schließt sich, das sei es, woran sie sich von der Sitzung erinnere, sagt Rischer. Der angebliche Vorfall hingegen, der sei ihr gar nicht aufgefallen. Mit den Chinesen sei nichts, gar nichts Bemerkenswertes vorgefallen, also: geschehen – mit den internationalen Studierenden aus China, meine ich, korrigiert Rischer sich, da war absolut nichts, alles ganz normal, wie immer eigentlich.

Heute um 11:15
Referat_gegen_Rassismus@uni-berlin.de
An: Referat_gegen_Rassismus@uni-berlin.de
Betreff: Rassistischer Vorfall an unserer Uni

*In einer Lehrveranstaltung am Institut für Germanistik kam es gestern zu einem rassistischen Vorfall. Eine Lehrperson missbrauchte ihre strukturelle Macht, um drei internationalen Studierenden auf Grundlage der Ethnizität die Lernfähigkeit abzusprechen. Die rassistische, autoritäre und unsensible Art der Lehrperson führte bei den drei Studierenden zu tiefen Verletzungen und verunsicherte auch andere Teilnehmer*innen des Seminars. Rassismus darf es an unserer Universität nicht geben! Wir fordern deshalb eine rasche Aufklärung des Vorfalls, eine öffentliche Entschuldigung der Lehrperson und entsprechende Konsequenzen der Universitätsleitung.*

Diese Nachricht geht an alle Studierenden und Lehrenden der Universität sowie an die Hochschulleitung und ausgewählte Medien.

Mit lieben Grüßen
Das Referat gegen Rassismus des AStA

Prof. Dr. Joachim Hollerbruch, Lehrstuhl für Sprachphilosophie

Mit *lieben Grüßen*, das Referat gegen Rassismus des AStA! Liebe Grüße, darunter machen die's heutzutage ja nicht mehr! Das ist wie bei Starbucks, der kleinste Kaffee heißt *Tall*, dann kommt *Venti*, dann *Grande*. Nee, umgekehrt. Eigentlich gehe ich auch gar nicht zu Starbucks.

Der Literaturkritiker
Spätestens an dieser Stelle biegt der Roman in Richtung Farce ab. Eine so plumpe Parodie des – zugegebenermaßen oftmals ein wenig technokratischen – Stils solcher offener Briefe und Petitionen ist dem Anspruch des Autors, eine differenzierte Darstellung aktueller Diskurse zu leisten, nicht angemessen.

Prof. Dr. Brigitte E.
Ich kann nicht fassen, dass Anton die Original-E-Mail in seinem Buch verwendet! Dass er die überhaupt noch hat! Den Moment, als ich den Betreff der Mail gelesen habe, werde ich nie vergessen. *Rassistischer Vorfall an unserer Uni* – ich habe nicht im Traum gedacht, dass ich damit gemeint sein könnte. Ich habe die Mail geradezu mit Neugierde geöffnet, mit einer klammheimlichen Vorfreude am Skandal. Ja, das ist mir von diesem Moment besonders in Erinnerung geblieben. Das hat mich im Nachhinein richtig beschämt.

Die beste Freundin des Autors
Ja, so ist es leider. Rassismus gibt es überall.

2.

Rischer schaut irritiert um sich, sie war nicht darauf eingestellt, so früh mit der E-Mail konfrontiert zu werden, glaubte sie in ihrem Mobiltelefon verborgen, hoffte wohl, uns noch ein wenig hinhalten zu können. Aber so viel Zeit haben wir nicht, Frau Rischer.

Rischer nickt verstehend. Rischer lacht überlaut. Wisst ihr, was wirklich absurd ist? Als ich vorhin gemerkt habe, dass es noch dauert, dass ich nur, damit eine Person weniger das Wartezimmer verstopft, schon mal halbnackt hier hereingesetzt worden bin, und als ich aus Langeweile auf mein Handy geschaut habe und da die Mail in meinem Postfach war mit dem Betreff *Rassistischer Vorfall an unserer Uni* – da habe ich nicht nur Bestürzung gefühlt. Nein, ich habe die Mail mit einer Art freudigem Interesse geöffnet.

Rischer fragt sich, woher letzteres Gefühl kam. Sicher ist es nicht so, dass sie sich an rassistischen Vorfällen erfreut, ganz im Gegenteil. Nein, es war ein Gefühl des Einverständnisses, das sie beim Öffnen der Mail erfüllte; eine Sicherheit, dass rassistische Vorfälle an ihrer Universität nicht akzeptiert werden. Vielleicht war auch ein wenig Neugierde dabei, eine Prise Schadenfreude und ein Funken vorauseilender Parteinahme, denn dass sie grundsätzlich auf der Seite derer steht, die rassistische Vorfälle bekämpfen, war ja klar.

Jedenfalls bis vor acht Minuten.

Dass es um mein Seminar geht, flüstert Rischer, um das

Referat der drei Studierenden aus China – das habe ich beim Lesen gleich nach der dritten Zeile erkannt.

So wie schon vor acht Minuten schießt diese Erkenntnis jetzt erneut von Rischers Kopf über das Zwerchfell und den Bauch bis ins Steißbein hinunter und schickt von dort eine Welle aus Scham, Furcht, Unglaube und Wut zurück nach oben. Doch welchen Impuls löste und löst diese Welle in Rischers Hirn aus? Will Rischer in sich gehen und überlegen, ob die Kritik des AStA berechtigt ist?

Na ja, das natürlich auch, murmelt Rischer.

Nein, Rischers erster Impuls war, mit zitternden Fingern die Worte *Rassistischer Vorfall*, *Uni Berlin* und *Nora Rischer* zu googeln und erleichtert festzustellen, dass diese Kombination null Treffer erbrachte.

Rischer greift schnell ihr Telefon, googelt noch mal, diesmal mit für das Display fast zu feuchten Fingerspitzen, und, ja: Immer noch null Treffer.

Für *Rassistischer Vorfall* und *Uni Berlin* vermehren sich die Treffer allerdings rasant, Frau Rischer. Zahlreiche Studierende drücken ihr Unbehagen und ihre Empörung aus. Das Hashtag *#UniBerlinIckkotze* scheint zu trenden. Es wird eine Entschuldigung gefordert –

Aber nicht von allen, ruft Rischer. Nicht alle fordern eine Entschuldigung.

Stimmt, Frau Rischer, hier ist auch ein Blogbeitrag mit dem Titel *Rassistischer Vorfall an der Uni Berlin: Warum eine Entschuldigung nicht ausreicht.*

Rischer wirkt bestürzt, stellen viele von uns fest.

Und damit liegen Sie ganz im Trend, Frau Rischer. Auch diverse Satiriker*innen, Blogger*innen und Politiker*innen haben bereits ihrer Bestürzung über den Vorfall Ausdruck verliehen, und – ja, tatsächlich: Sogar die

Beauftragte für Diskriminierungsfreiheit der Uni Berlin hat sich schon in den sozialen Medien zu Wort gemeldet, allerdings zeigt sie sich erst mal nur von der »Schilderung« des Vorfalls entsetzt und fordert Aufklärung.

Immerhin ahnt bisher niemand, dass es um mich geht, Rischer atmet langsam aus, immerhin. Immerhin.

An der Klärung dieser Frage wird allerdings mit Nachdruck gearbeitet, Frau Rischer. Es gibt eine Online-Petition mit der Forderung: *Rassistischer Vorfall an der Uni Berlin: Die Lehrperson soll zu ihrem Fehler stehen und sich entschuldigen.*

Eine Petition? Rischer kann es kaum glauben, aber ja, da auf der Petitionsplattform steht sie, zwischen *Rettet das Hallenbad Holltrup* und *Fünfhundert Bundestagsabgeordnete sind genug.* Hundertachtundsechzig Unterschriften bisher.

Hundertachtundsechzig? Das sind ja nicht viele, beruhigt Rischer sich.

Hundertneunundsechzig, Frau Rischer. Hundertsiebzig. And counting.

Rischer schnauft durch die Nase, verärgert, das ist ein komplett unsinniges Anliegen für eine Petition, findet sie, Gewissensentscheidungen von Individuen werden doch aufgrund von Argumenten getroffen, von mir aus auch aufgrund von Vorurteilen und Emotionen, aber jedenfalls in inneren Prozessen, und nicht durch Mehrheitsentscheid – und doch spürt Rischer es schon, das Drücken der hundertsiebzig, nein, hundertdreiundsiebzig Stimmen. Rischer wischt über ihr Telefon, als könne sie so die hundertfünfundsiebzig Stimmen wegwischen. Natürlich habe ich darüber nachgedacht, ob an dem Vorwurf was dran ist, sagt Rischer und legt das Telefon auf ihrem Bauch oberhalb einer kleineren Speckfalte ab, sonst hätte ich euch ja gar nicht gerufen, behauptet Rischer, ja, wenn der Vorwurf berechtigt ist, dann werde ich mich natürlich entschuldigen – aber da ist nichts dran, wirklich nicht!, beteuert Rischer, ich habe mir nichts zuschulden kommen lassen, ich habe einfach nur gesagt, wie's ist, ich wollte den Studierenden aus China helfen, aber heute sind alle so überempfindlich, alle fühlen sich immer gleich verletzt, und –

> **Der Proktologe des Autors**
> Genau! Das wird man ja wohl noch sagen dürfen!

> **Die Lektorin**
> Tja.

Rischer verstummt.

3.

Vielleicht stellen Sie sich besser erst mal vor, Frau Rischer. Damit wir wissen, mit wem wir es zu tun haben.

Rischer hält die Zehen still. Rischer nickt.

Ja … also: Ich heiße Nora Rischer und bin vierundvierzig Jahre alt. Ich bin in Stuttgart geboren und in Hannover aufgewachsen. Ich bin promovierte Sprachwissenschaftlerin. Zurzeit vertrete ich den Lehrstuhl für Soziolinguistik am Germanistischen Institut der Universität Berlin. Mein Spezialgebiet ist die ethnomethodologische Konversationsanalyse. Ich interessiere mich also dafür, wie Menschen miteinander interagieren.

Einige von uns nicken erfreut, sie sind auch aus Stuttgart oder auch aus Hannover oder auch aus Berlin oder auch promoviert oder auch vierundvierzig oder haben auch Linguistik studiert oder interessieren sich auch dafür, wie Menschen miteinander interagieren – aber nicht alle von uns sind mit Rischers Vorstellung einverstanden. Einige finden, dass Rischer entscheidende Fakten ausgelassen hat.

Rischer streckt den Hals in die Richtung, aus der die kritischen Stimmen zu kommen scheinen, na, was kann ich denn noch über mich sagen? Ach so, na klar, ich weiß, was ihr meint: Ich bin mit einer Frau zusammen.

Dieser Fakt erstaunt viele von uns, sie hätten Rischer nicht für queer gehalten. Das liegt gar nicht unbedingt an dem langen roten Haar oder dem rosaglänzenden Lipgloss oder der sorgsam aufgetragenen Wimperntusche oder der taillierten Bluse – nein, Rischer gibt einfach einen heterosexuellen Vibe ab, hat eine heterosexuelle Aura, die sich vermutlich mit keinem Holzfällerhemd der Welt kaschieren ließe.

Ja, ja, ich weiß, Rischer nimmt uns diese Wahrnehmung nicht übel, sie kenne das schon, Rischer winkt freundlich ab, sie werde fast immer als heterosexuell gelesen, und Rischer verdenkt das wirklich niemandem, Rischer zuckt die Schultern, es ist ja offensichtlich, dass ich nun mal nicht gerade dem Prototyp des Begriffs »Lesbe« entspreche. Das hat nichts mit Vorurteilen zu tun, findet Rischer, denn aus Sicht der Prototypensemantik – sie betrachtet das gerne ganz nüchtern aus semantischer Perspektive –, aus Sicht der Prototypensemantik gebe es für jeden Begriff nun mal typische und weniger typische Vertreter, sagt Rischer. In der allgemeinen Vorstellung des Begriffs »Vogel« zum Beispiel stehe das Rotkehlchen im Zentrum und der Pinguin ganz außen. Rischer lächelt. Ich bin also gewissermaßen der Pinguin unter den Lesben.

Aber es gibt doch eigentlich ziemlich viele homosexuelle Pinguine?, wirft jemand ein, ein anderer ruft: Unter den Heten als Rotkehlchen herumzuflattern, ist ja auch ganz bequem, was, Frau Rischer? – doch Rischer verliert plötzlich das Interesse an dieser Analogie.

So geht es auch vielen von uns. Rotkehlchen? Pinguine? Ernsthaft jetzt? Rischer soll sich endlich richtig vorstellen!

Rischer kaut auf ihrer Unterlippe herum. Ja, was wollt ihr denn noch hören? Vielleicht Hobbys? Ich schreibe gerne Gedichte.

Diese Information entlockt vielen von uns ein Lächeln, einigen ein anerkennendes (auch sie schreiben Lyrik), anderen ein belächelndes Lächeln (Gedichte schreiben – ist das nicht eher was für Teenager?), und wieder anderen ein ungläubiges Lächeln (ist Rischer wirklich so naiv zu denken, wir hätten nach ihren Hobbys gefragt?).

Was denn noch, Rischer schiebt den Unterkiefer vor und zurück, was könnte ich denn noch über mich – ach ja, ich bin Linkshänderin!

Wir auch!, rufen einige Linkshänder*innen, doch die noch immer ungläubig Lächelnden unter uns stöhnen, hauen sich mit der rechten oder linken, aber in jedem Fall flachen Hand auf die Stirn, können es nicht fassen, beschließen, es dann eben selbst zu sagen:

Rischer ist weiß.

Rischer wird rot. Weiß?

Rischer ist biodeutsch.

Rischer wird noch röter.

Rischer ist in einem heterosexuellen, wohlsituierten Akademiker*innenhaushalt aufgewachsen.

Ach so, sagt Rischer. Na ja.

Es verwundert insofern nicht, dass auch Rischer selbst Akademikerin wurde.

Ja, stimmt, das ist mir alles so in den Schoß gefallen, stellt Rischer zynisch fest, das ist – Rischer stockt, räuspert sich, *in den Schoß gefallen*, das ist in ihrer aktuellen Situation eine unangenehm passende Redewendung, sie sei ja nicht, setzt Rischer neu an, wie die Jungfrau zum, zum, also zum –

Es hat geklopft, stellen die auditiv besonders Sensiblen unter uns fest.

Rischer sagt nicht »herein«, denn es ist nicht ihr Zimmer, und es ist auch nicht nötig, denn dieses Klopfen ist keine Frage, sondern eine Vorwarnung, auf die direkt das Öffnen der Tür erfolgt.

»Guten Morgen, Frau Rischer!«

Rischers Ärztin trägt keinen weißen Kittel, gar keine weiße Kleidung, sondern Jeans und Pullover, denn die Patient*innen sollen sich hier ganz zu Hause fühlen. Rischer allerdings erschiene ihre eigene Nacktheit sehr viel weniger unpassend, wenn die Ärztin nicht aussähe, als käme sie hier eben mal zum Kaffeetrinken vorbei.

»Alles gut, Frau Rischer?«

Rischer nickt.

Schade, das ist jetzt etwas unauthentisch von Rischer, finden viele von uns, es geht ihr ja gar nicht gut! Der Vorwurf des AStA juckt sie, am liebsten würde sie sich gleich noch mal googeln, sie ist zerschlagen vom frühen Aufstehen, sie fühlt sich benommen von den Hormontabletten, ihre Bauchdecke schmerzt von der Eisprungspritze, heute Nachmittag muss sie trotzdem irgendwie ihr Seminar halten und davor noch in den verdammten Institutsrat!

Rischer wedelt mit der Hand vor ihrem Gesicht herum, Rischer schüttelt den Kopf, Rischer lächelt. »Alles gut.«

»Na bestens, dann legen wir das Telefon mal beiseite.«

Als ich vielleicht nicht schwanger wurde
von Nora Rischer

Als ich vielleicht nicht schwanger wurde
baumelte ein Mobile über meinem Gesicht
Blumen und Bienen
Äpfel und Störche
flogen im Kreis
jede und jeder wollte erste und erster sein
Sie übertreiben es hier ein wenig mit der Symbolik
hatte ein werdender
oder nicht werdender?
oder doch werdender Vater im Wartezimmer zu mir
  gesagt
Untenrum nackt
mit weit gespreizten
schlecht rasierten
blau-blassen Beinen
meine Vagina entgegenreckend
der desinfizierten Leere
anbietend
ohne schützenden Schlüpfer
zum Befruchten in die Maschine gespannt
Dachte ich: Vielleicht hat er Recht
vielleicht verschrecken die Blumen, Bienen, Äpfel und
  Störche das Kind
mit ihrem Übereifer
Habe ich denn nichts gelernt?
Sich etwas nicht wünschen, damit es passiert
Bereit stand die freundliche Frau

ein längliches Ding in der Hand
Gutes Sperma
sagte sie
beugte sich über mich
sehr gutes Sperma sogar
nicht alle hier
bekommen so gutes Sperma
die Spermien sind schnell
die liefern sich Rennen hier drin
jeder und jede
will die und der erste sein
Sie hob das längliche Ding
wie zum Beweis
Sie können sich freuen!
So
Es geht los.
Das Kalte
Das Spitze
drang schmerzhaft in mich
wand sich stockend
gehemmt
durch mein Innerstes
Im Büro ist mein Drucker verstopft!
sagte die freundliche Frau
Das Kalte
Das Spitze
wollte weiter hinein
stieß stumpf auf Hindernisse
Und ich selbst bin schuld daran
er meldet es schon lange: Patrone austauschen!
aber ich habe ihm nicht geglaubt, dem Drucker
ich habe weiter gedruckt

Stumpfer Schmerz
wieso stumpf
das Ding ist doch spitz?
Entschuldigen Sie
hier geht es bei Ihnen drin
ein wenig um die Ecke
Und jetzt haben wir den Salat
jetzt sind die Düsen verstopft
man sollte doch immer
auf seinen Drucker hören!
Mit metallenem Ruck
zog sie das lange, dünne, spitze
aus mir heraus, deckte mich zu
wie eine sorgende Mutter
mit kratzigem Wollstoff
Bleiben Sie noch zwanzig Minuten so liegen
und viel Glück für Sie!
Danke, murmelte ich
und alles Gute für Ihren Drucker
Sie ging
und ich
allein
kniff die Beine zusammen
wie festgehalten
von Händen
unsichtbar
blieben sie alle stehen über mir
Die Blumen, Bienen, Äpfel und Störche.

4.

Während Rischers Vortrag haben uns leider mehrere Personen verlassen. Einige mögen grundsätzlich keine reimlosen Gedichte, andere fühlten sich nicht wohl damit, dass Rischer ihr eigenes, sehr intimes Erleben derart in den Fokus dieser Untersuchung rückt. Und wieder anderen fehlt es schlicht an Muße für die Beschäftigung mit solch gesamtgesellschaftlich wenig relevanten, speziellen Frauenthemen.

Ja, ist schon klar, Rischer versteht das, es wundert sie auch gar nicht, sie hatte bereits bei der Rezitation ein leicht ungutes Gefühl – und trotzdem wollte sie ihr Gedicht unbedingt zum Besten geben. Das mag an einem gewissen Stolz liegen, den sie für ihre Werke empfindet. Doch schwerer wog wohl das Bedürfnis, die peinliche Situation ästhetisch zu überformen.

Quatsch, sagt Rischer, ich finde das Gedicht einfach nur ganz gelungen. Seit ich es nach dem zweiten Versuch geschrieben habe, vor einem halben Jahr, spreche ich mir die Worte bei jeder Insemination in Gedanken vor. Aber eine Insemination ist nicht ästhetisch überformbar, glaubt mir. Genauso wenig wie der absurde Vorwurf des –

Der Studierende mit der Ray-Ban-Fliegerbrille
Ja, ich fand das rassistisch.

Prof. Dr. Balduin Baldauf, Lehrstuhl für Pragmatik der deutschen Sprache, Schwabe
Ha ja, das ist eine ganz arge Sache mit diesem Vorwurf, ganz arg. Da muss ich als Geschäftsführender Direktor hier in der Germanistik jetzt einen Umgang damit finden. Proaktiv, am besten proaktiv. Nachher muss ich deshalb zur Dekanin, die hat mich gleich einbestellt, und sie hat ganz recht, man muss sich angemessen distanzieren, das ist ja keine Frage, um Schaden abzuwenden, sowohl von unserem Institut als auch von der Universität.

Die Studierende, die während jeder Sitzung drei Flaschen Mineralwasser trinkt
Also, mir taten die Studierenden aus China einfach leid. So ausgelacht zu werden, das ist bestimmt nicht schön. Wenn man da als Dozierende nicht sofort eingreift, muss man sich das nachher schon zum Vorwurf machen lassen.

> **Die Lektorin**
> Ich hätte das Wort »Vorwurf« lieber vermieden, denn es impliziert, dass die Betroffenen mit ihrer Wahrnehmung vielleicht nicht richtig liegen, dass es eben nur ein Vorwurf ist und kein Fakt.

> **Die Nachbarstochter**
> Das Inseminations-Gedicht ist ja wohl das allerletzte. Dass Anton das so extraschlecht formuliert und die Autorinnenschaft dann einer Frau zuschreibt – da fällt mir nichts mehr zu ein.

> **Die beste Freundin des Autors**
> Unglaublich, dass Anton hier meine Erfahrungen von

der Insemination verbrät. Soll ich mal ein Gedicht darüber schreiben, wie er sich mit einem Pornoheft in der Hand im Abstellraum der Kinderwunschpraxis einen abwichst? Wenn man zusammen versucht, schwanger zu werden, dann ist das doch eine Sache des Vertrauens!

Der Proktologe des Autors
Was ist denn überhaupt der Vorwurf?

5.

Der Vorwurf.

Rischer will sich googeln, kommt aber nicht an ihr Telefon heran. Die Ärztin hat es vor der Insemination auf einer Ablage außerhalb Rischers Reichweite platziert.

Nicht so wild, Frau Rischer, das Sperma muss schließlich drinbleiben!

Rischer gibt es auf.

Der verdammte Vorwurf!

Für ein paar Minuten hat das Existentielle der Insemination das Existentielle des Vorwurfs überdeckt, und jetzt – Rischer stutzt, was ist eigentlich existentieller? Schwanger werden oder gecancelt werden?

Was heißt hier *canceln*, Frau Rischer? Frau Rischer?

Hashtags drehen sich über Rischer im Kreis –

#Rassistenraus #UniOhneHass #werbrauchtschondeutsch #NazisEssenNudelpfanne #sprechenSiedennMandarinFrauRischer

Die umstrittene Sprachwissenschaftlerin Nora Rischer – sagt jemand von irgendwoher, was ist existentieller, fragt Rischer sich, existenTIELler horcht sie dem Wort hinterher, schon beginnt es, seine Bedeutung zu verlieren, existenTIELler, eXIStentieller, exisTENtieller, Rischer scheint in die Ferne zu blicken, das nennt man semantische Sättigung, erläutert Rischer mit plötzlich fester, fast neutraler Stimme, so als stünde ihr Untersuchungsstuhl nicht unter einem Mobile aus Hashtags, sondern vor einem Seminarraum voller Studierender, voller nicht demonstrierender, brav zuhörender Studierender, wenn ein Wort, spricht Rischer weiter, seinen Inhalt zu verlieren scheint, sodass es auf einmal klingt, als gehörte es zu einer unbekannten Sprache. Eine semantische Sättigung tritt dann ein – Rischers Tonfall lässt fast vergessen, dass sie untenrum nur mit einer kratzigen Wolldecke bekleidet ist –, wenn die mit der Bedeutung eines Wortes verbundenen Nervenzellen im Gehirn zu oft angeregt worden sind. Das Gehirn habe ein Wort einfach satt, habe sich daran überfressen, es zu oft gehört, könne es nicht mehr hören, wolle es nicht mehr hören, wisse nicht mehr, was das heißen solle: *rassistisch*, das Gehirn will endlich seine Ruhe haben vor dem Wort, und was ist überhaupt rassistisch daran, chinesischen Studierenden mit unzureichenden Deutschkenntnissen zu raten, einen Deutschkurs zu besuchen? Und wenn die Studierenden aus Frankreich kämen, oder aus Italien? Wäre es dann auch rassistisch, ihnen in einem Germanistikseminar ausreichende Deutschkenntnisse abzuverlangen? Nee, bestimmt nicht! Darauf kommt der verdammte AStA doch nur, weil es sich um Chinesen handelt! Die vom AStA sind ja selber total rassistisch!

Rassistisch, rassistisch, rassistisch, sagt Rischer sich vor, doch es will keine semantische Sättigung eintreten. Rassistisch, rassistisch, rassistisch, rassistisch –

»Alles gut bei Ihnen, Frau Rischer?«

»Rassis… ja, ja, alles gut!«

»Bestens, dann lassen Sie sich gar nicht von mir stören, ich hab nur meine Brille hier vergessen, bin gleich wieder raus! Ah, da ist sie ja … sagen Sie mal, sind Sie nicht an der Uni Berlin tätig, Frau Rischer? In der Germanistik?«

Rischer nickt vorsichtig. »Ja – warum?«

»Nur so, und jetzt: Ent-span-nen!«

»Nur so? Moment, könnten Sie mir vielleicht noch mein Handy –«

Die Tür ist schon wieder zu, Frau Rischer.

Weint Rischer?, fragen einige von uns interessiert.

Und ja, es sieht ganz so aus, als würde Rischer weinen oder als wäre sie kurz davor, Rischer spürt eine Enge im Hals, einen Druck in der Nase, einen Druck unter den Augen.

Rischer erschrickt. Hat sie nicht vor Kurzem noch gelesen, dass es eine typische Strategie weißer Cis-Frauen ist, angesichts eines Diskriminierungsvorwurfs in Tränen auszubrechen? Rischer hält die Luft an, zieht die Nase hoch, versucht sogar, die Tränen in den Augen festzuhalten.

Rischers Kopf läuft dunkelrot an, berichten diejenigen von uns, die gerade einen besonders guten Blick auf Rischer haben.

Schämt Rischer sich endlich anständig? Das wäre ja nicht schlecht, finden viele.

Nee, wofür sollte Rischer sich denn schämen?, fragen andere. *Ihr* solltet euch schämen, Rischer so vorzuverurteilen!

Nee, *ihr* solltet euch schämen! Ihr habt ja keinen Anstand!

Nee, *ihr* habt keinen Anstand! *Ihr* solltet euch schämen!

Hört auf! Rischer hält sich die Ohren zu, hört doch bitte auf!

Nein, wir können keine Rücksicht auf Rischer nehmen, denn es ist wichtig, im Gespräch zu bleiben. Also: Ihr solltet euch schämen!

Nee, ihr!

Nee, ihr!

Nee, Rischer!

Und ja, Rischer schämt sich. Nur leider aus den falschen Gründen. Sie spürt nämlich eine unangenehme Parallele zwischen ihren Bemühungen, die Tränen in Augen und Nase zu halten, und ihrem Versuch, das Sperma nicht durch ihre Vagina entweichen zu lassen. *Das* ist ihr peinlich. Und nicht etwa, dass sie drei Studierende aus der Volksrepublik China rassistisch beleidigt hat.

Rischer stöhnt. Das war nicht rassistisch, wirklich nicht!

Die Studierende, die immer in der Nähe der Tür sitzt und fünf Minuten früher geht

Bei der betreffenden Sitzung sei sie leider nicht dagewesen, bedauert diese Studierende, bei ihr sei nämlich einige Tage zuvor ein Leberfleck entfernt worden, und die Wunde habe direkt unter dem Verschluss vom BH gelegen, sie habe also keinen BH tragen können, und ohne BH könne sie ja nicht in die Uni gehen.

Aber grundsätzlich begrüße sie es, dass mal jemand etwas, so wörtlich, »wegen dem schlechten Deutsch von einigen internationalen Studierenden« gesagt habe. Das »nerve ja langsam wirklich total«, dass man so oft bei Referaten kaum etwas verstehe, vor allem bei den Asiaten sei es schlimm mit der Aussprache. Sie und ihre Freunde sagten unter sich nach solchen Referaten immer: »Das war jetzt wohl mal wieder Fachchinesisch.«

Sie habe keine Ahnung, wer aus dem Seminar da gleich zum Referat gegen Rassismus gerannt sei. Dass es die chinesischen Studierenden selbst waren, glaube sie nicht. Die seien gar nicht »so die Opfertypen«, die hätten »immer das allerneueste technische Equipment« und »kämen voll selbstbewusst rüber«. Auf die Studierende wirken sie, als würden sie einfach irgendeinen deutschen Studienabschluss benötigen, um dann zu Hause Führungspositionen zu übernehmen. In Staatskonzernen, die Geschäfte mit Deutschland machen, vermutet die Studierende. Aber genau wisse sie es nicht. Die blieben nämlich ziemlich unter sich.

Rajid Schwabbelbacke, 45

Grundsätzlich verstehe er nicht, was er hier solle und warum er hier als Rajid *Schwabbelbacke* vorgestellt werde, so Rajid Schwabbelbacke. Erstens laute sein Name Rajid *Schwabbe-Bhattacharya*, zweitens sei es nicht sein Job, ehemaligen Mitschülerinnen Diskriminierungs-Persilscheine auszustellen, und drittens habe Nora Rischer ihn nie *Schwabbelbacke* genannt.

Leider sei sie da die einzige gewesen. Sogar einige Lehrer hätten ihn grundsätzlich so angesprochen, mit Ausnahme Herrn Thiessens, des Sportlehrers, der habe immer *Mister Schwabbelbacke* gesagt.

Nora Rischer hingegen habe ihn stets nur Rajid genannt. Vielleicht, vermutet Rajid, weil die beiden sich schon aus der Grundschule kannten oder weil Nora selbst nicht gerade schlank gewesen sei und damit im Glashaus gesessen habe. Sie hätte deshalb auch so einiges einstecken müssen und sei zudem auch noch wegen des schwäbischen Einschlags gehänselt worden, der ihre Aussprache damals gekennzeichnet habe.

Prof. Dr. Vera Lohenstein, Literaturwissenschaftlerin, aber sonst ganz in Ordnung

Sie sei schon lange sicher gewesen, stellt Frau Lohenstein eingangs klar, dass es irgendwann so kommen musste. Die Situation in Bezug auf die mangelnden Sprachkenntnisse vieler internationaler Studierender, besonders jener aus asiatischen Ländern, sei schon lange untragbar. Der Kollege Baldauf habe sich da vor ein paar Jahren im Zuge der Bolognareform einen Masterstudiengang aus den Rippen geschnitten, *Performanz, Diversität, (De-)konstruktion*, ganz ohne neue Lehrveranstaltungen oder neue Lehrende, einfach nur als Folie über das alte Angebot gelegt. Und wenn man wie Baldauf in Personalunion Erfinder dieses, so wörtlich, »famosen« Masters sei, Studiengangsleiter und einziges Mitglied der Zulassungskommission – dann lasse man eben alle zu, egal, ob ihr Deutsch ausreiche. Dann werde man von der Fakultät gelobt, weil man für einen hohen Anteil internationaler Studierender sorge. Die Fakultät interessiere sich ja nur für Zahlen. Und die Lehrenden seien es, die das dann ausbadeten.

Mama
Nora ist in einem sehr internationalen Umfeld aufgewachsen und auch grundsätzlich sehr empathisch.

Rajid
Nora habe doch einmal *Schwabbelbacke* zu ihm gesagt, wie ihm jetzt einfiele, nämlich, als sie ihn im Religionsunterricht beim Basteln einer Arche um seine Schere gebeten habe. Statt Nora die Schere zu reichen, habe er sie ihr zugeworfen, und das sei wirklich beinahe, so wörtlich, »ins Auge gegangen« – wenn seine Kinder heute auf so eine »Schnapsidee« kämen, denen »würde er was erzählen«, betont Rajid. Nora habe damals entsprechend erschrocken so etwas ausgerufen wie (an den genauen Wortlaut erinnere er sich nicht): »Geht's noch, Schwabbelbacke?«, und er habe geantwortet (dies erinnere er

wörtlich): »Reg dich nicht auf, du fette Frau Schwäbli, hast ja gefangen!«

In Sachen Rassismus könne er aber wirklich nichts über Nora berichten. Allerhöchstens eine Situation in der Grundschule, in der ersten Klasse. Da habe es in der großen Pause täglich Pausenmilch und Pausenkakao gegeben, und zwar in durchsichtigen Plastikflaschen mit einer dünnen Aluminiumfolie obendrauf, in die man mit dem Strohhalm ein Loch stach, um zu trinken. Er habe stets Kakao genommen, und Nora Erdbeermilch, und eines Tages hätten Nora und er sich beim Ausschlürfen ihrer Plastikflaschen – sie die mit rosafarbenem Inhalt, er die mit braunem – angeschaut und gelacht. Weil sie beide in dem Moment den Gedanken gehabt hätten: Nora wird durch die Milch rosa und Rajid durch den Kakao braun. Das sei aber einfach so kindlicher Quatsch gewesen, das habe nichts mit Rassismus zu tun gehabt.

Wobei Nora vielleicht zuerst angefangen habe zu lachen, da sei er sich nicht völlig sicher, es könne auch sein, dass er nicht gleich verstanden habe, was Nora so lustig fand. Sie habe dann lachend auf ihre Milchflasche und auf ihr Gesicht gezeigt, und auf seine Kakaoflasche und auf sein Gesicht, und als er das kapiert habe, habe er es jedenfalls auch lustig gefunden.

»Einigermaßen lustig«, so wörtlich.

6.

Das war weder eine Beleidigung noch rassistisch, glaubt mir doch, das war echt nicht rassistisch, wirklich nicht, überhaupt nicht rassistisch, rassistisch – jetzt empfindet Rischer sie doch, die semantische Sättigung, aber sie hilft gar nicht, das Wort kratzt ohne seine Bedeutung genauso schlimm, ihr wird kalt, ihr Herzschlag erhöht sich, das ist nicht auszuhalten, der Vorwurf muss aus der Welt, sofort, Rischer angelt in einem halsbrecherischen Akt ihr Telefon von der Ablage, das Telefon vibriert, fast lässt Rischer es fallen, kann es gerade noch halten, erkennt mit Schrecken die Nummer: Sie gehört dem Wissenschaftsredakteur vom *Berlin-Radio*, Rischer drückt den Anruf vorsichtig weg, bloß nicht aus Versehen drangehen, es wird sich bei all dem schlicht um ein Missverständnis handeln, beschließt Rischer, ganz bestimmt, entweder zwischen den Chinesen und dem AStA, oder zwischen Rischer und den Chinesen, ja, das werden die Studierenden aus China auch selbst so sehen, vermutet Rischer, aus zwei Männern und einer Frau hat die Referatsgruppe bestanden –

Woher will Rischer das denn wissen?, wird unter uns gefragt.

Rischer schaut irritiert, aber nur kurz, ach so, ja klar: Also, ich habe zwei Personen der Referatsgruppe als männlich gelesen und eine als weiblich, so, Rischer sucht ihre Adresse in der Mail-App, wie waren denn die Namen, irgendwas mit X oder L, die drei haben ihre Präsentation auf einem USB-Stick mitgebracht, der aussah wie ein kleiner Papa Schlumpf, erinnert Rischer sich, mit weißem Bart, roter Mütze und dem typischen jovial-autoritären Papa-Schlumpf-Lächeln im blauen Gesicht.

Trotz seiner blauen Hautfarbe ist Papa Schlumpf eigentlich der prototypische alte weiße Mann, denkt Rischer, er berät, erklärt, lobt, straft, hat immer Recht, seine Herrschaft wirkt ganz natürlich, bleibt stets unhinterfragt, Oberschlumpf wird er ja auch nicht umsonst genannt, und um den Stick in mein Notebook stecken zu können, musste ich den Oberschlumpfkopf vom Oberschlumpfkörper ziehen, den Papa Schlumpf köpfen – und ja, das hat Rischer tatsächlich einen kurzen Moment der Überwindung gekostet. Rischer rutscht im Stuhl hin und her, Vorsicht, das gute Sperma, Frau Rischer! Ja, ja, Rischer findet die verdammte Adresse nicht, und als der Stick dann endlich im Notebook steckte, fällt ihr jetzt ein, als nur noch der Kopf rausschaute, wurde das Speichermedium auf dem Desktop als *Papa Smurf* angezeigt, so als läge nun wirklich Papa Schlumpf auf der Platine.

Rischer stockt, sie hat die Adresse gefunden.

Neue Nachricht
Rischer@uni-berlin.de
An: PapaSmurf@hotmail.com
Betreff: Feedback zu Ihrem Referat

Liebe Referatsgruppe,
ich melde mich –

Nein, nicht mit *Ich* beginnen –

Es geht noch einmal um Ihr Referat in der Sitzung letzte Woche. Ich würde gerne –

Nein, *Ich* vielleicht besser ganz weglassen –

Gab es von Ihrer Seite Probleme mit dem Feedback –

Nein, das Wort *Problem* besser weglassen –

Haben Sie noch Fragen zum Feedback? Für ein weiteres Gespräch stehe ich gerne zur Verfügung.

Gut. In diesen Satz darf das *Ich.*

Mit freundlichen, nein, mit herzlichen, nein, mit lieben, nee, doch mit freundlichen Grüßen (nicht anbiedern)

Nora Rischer

Rischer hält das Telefon in der Hand, sie lassen sich Zeit mit ihrer Antwort, die Chinesen, also, die Studierenden aus der Volksrepublik China, sie antworten nicht nach einer Sekunde, auch nicht nach zwei, auch nicht nach dreißig, dabei schauen die doch in den Sitzungen ständig auf ihre Smartphones, ärgert Rischer sich und schaut auf ihr Smartphone, so wie alle anderen Studierenden auch, natürlich, das muss dazugesagt werden, und gerade jetzt, gerade jetzt, wo Rischer eine schnelle Antwort bräuchte, scheinen sie ihre Telefone mal beiseite gelegt zu haben. Oder haben sie Rischers Mail vielleicht doch schon gelesen? Denken sie noch über ihre Antwort nach? Sind sie nicht vollkommen sicher, dass sie sich nicht rassistisch beleidigt gefühlt haben?

Rischer stehen die Gesichter der Referatsgruppe vor Augen, gerade hat der lächelnde Oberschlumpf sie noch verdeckt, doch jetzt sieht Rischer sie klar und deutlich, auch sie haben gelächelt, als Rischer nach dem Referat sagte: Vielleicht belegen Sie einfach noch mal einen Deutschkurs.

Die Referierenden haben allerdings ganz anders gelächelt als ihr Papa Schlumpf, nämlich gequält gelächelt. Peinlich berührt gelächelt.

Aber ich musste es sagen, flüstert Rischer, es ging nicht anders. Das Referat war kaum zu verstehen, dabei hatte es so ein schönes Thema, es ging um eine Studie zum räumlichen Verhalten in Fahrstühlen. Dort gibt es nämlich eine unausgesprochene Stehordnung, erklärt Rischer, alle, die einsteigen, besetzen zunächst die Ränder, und erst wenn da kein Platz mehr ist, auch die Mitte, und alle stellen sich mit dem Gesicht zur Tür hin. Rischer hatte die Referierenden zu einem kleinen Krisenexperiment angeregt, ihnen vorgeschlagen, sich im Fahrstuhl nach dem Einsteigen einfach mal frontal den anderen gegenüber zu positionieren, und das haben sie wohl auch gemacht, vermutet Rischer – aber was dabei herausgekommen ist, wurde nicht ganz klar, die Grammatik war ja schon abenteuerlich, das Handout voller Fehler, und erst die Aussprache ... man hat zwanzig Minuten lang eigentlich immer nur *Fahrstuhl* verstanden –

Man hat ja gar nichts verstanden, dröhnt es in Rischers Kopf, man konnte euch ja gar nicht verstehen! We totally didn't understand you, you know? Your German is too bad!

Viele von uns machen betroffene Gesichter.

Das habe nicht *ich* gesagt, ruft Rischer schnell, das hat eine Studierende aus dem Plenum gesagt, die hat sich nach dem Referat zu Wort gemeldet, obwohl ich gar nicht um Feedback gebeten hatte. Auf ihre Bemerkung hin herrschte peinliche Stille, es war noch nie so still in diesem Seminar. Also habe ich, damit überhaupt wer was sagt – und auch, um diesen Kommentar ins Konstruktive zu überführen, um aus der Feststellung einer mangelnden Kompetenz die Möglichkeit einer noch zu erwerbenden Kompetenz zu machen – den Referierenden eben empfohlen, noch mal einen Deutschkurs zu belegen.

> **Prof. Dr. Brigitte E.**
> Es ist furchtbar, das noch mal so schwarz auf weiß zu lesen. Mein Ratschlag mit dem Deutschkurs war wirklich nicht böse gemeint, es klingt ja auch gar nicht so schlimm, finde ich. Aber in der Situation war es schrecklich. Als wäre ein Tabu gebrochen worden.

Sogar Laufen muss man dir erst noch beibringen, hört Rischer jemanden sagen, ab heute gehst du zu Sport Förder.

Das ist Herr Thiessen, Rischers Sportlehrer.

Auch Herr Thiessen zeigte die Möglichkeit einer noch zu erwerbenden Kompetenz auf, Frau Rischer.

Unsinn, das war was ganz anderes, findet Rischer, sie habe ja nicht freiwillig den Sportunterricht besucht, sie hätte das Laufen, Werfen und Springen sehr gerne denjenigen überlassen, die das besser konnten, die chinesischen Studierenden hingegen hätten sich schließlich selbst eingeschrieben in den Masterstudiengang *Performanz, Diversität, (De-)konstruktion*, obwohl sie eigentlich wissen müssten, dass ihr Deutsch dazu nicht ausreiche, oder besser gesagt: *noch* nicht ausreiche, und Balduin Baldauf lasse alle internationalen Studierenden zu, egal, wie gut ihr Deutsch sei, mit der Begründung, dass sie Expert*innen seien in Sachen *Diversität*, und –

Unter uns wird zustimmend genickt.

Ja, sagt Rischer, absolut, Diversität ist natürlich wichtig, aber wenn das Sprachniveau zu divers ist –

Zu divers, Frau Rischer?

Zu *heterogen*, meine ich, wenn das Sprachniveau zu heterogen ist, wird es schwierig – sehr viele der internationalen Studierenden sprächen allerdings auf sehr hohem Niveau Deutsch, betont Rischer, das müsse gesagt werden, Rischer atmet tief ein, die aller- aller- allermeisten sogar sprechen auf sehr hohem Niveau Deutsch, also im Prinzip fast alle sprechen auf sehr hohem Niveau Deutsch, fast allealleallealleallealleallealleallealle –

Rischer hat sich festgefahren wie eine kaputte Schallplatte!, bemerken die Vinylliebhaber*innen unter uns.

Allealleallealle ... Rischer schluckt hart – aber eben nicht durchgängig alle, und es kommt nach sprachlich schwer verständlichen Referaten immer wieder zu der gleichen peinlichen Situation: Alle im Plenum klopfen auf ihre Tische, tun einfach so, als hätte man alles verstanden, und ich gebe eine 3,7 und fasse das Referat noch einmal zusammen, also: Halte das Referat im Prinzip noch einmal selbst – und allen Anwesenden ist das alles vollkommen klar, behauptet Rischer, auch den Referierenden, es dürfe nur nicht ausgesprochen werden, so wie vieles heute nicht mehr ... Rischer atmet hörbar aus, egal, das von Herrn Thiessen damals, das war jedenfalls einfach nur gemein, *Fat Shaming* würde man das heute nennen, und Elif hat damals auch gesagt, dass –

Was macht denn Elif jetzt hier, fragt Rischer sich, Elif hat doch damit nichts zu tun, meine Elif, denkt Rischer, meine kluge, warme, starke Elif, mit der wunderschönen Stimme, aber eben doch nur fast meine Elif, *the one that got away*, summt Rischer –

Rischer droht, in eine gemütlich-nostalgisch-melancholische Stimmung zu rutschen, warnen einige von uns, kein Wunder, sie ist ja auch vollgepumpt mit Hormonen.

Reißen Sie sich zusammen, Frau Rischer, wir sind bei Herrn Thiessen, dem gemeinen Sportlehrer!

Ja, äh, Rischer findet den Faden nicht mehr, doch, Herr Thiessen, Rischer sieht sich hilflos an einem Seil baumeln, das von der Turnhallendecke herunterhängt, und nun erwischt Rischer den Faden doch noch, Herr Thiessen war jedenfalls richtig fies, während ich den Chinesen ja nur –

Während Sie *den Chinesen* ja nur einen Aussprachekurs empfohlen haben, Frau Rischer?

Von einem Aussprachekurs habe ich nichts gesagt, wirklich nicht, beteuert Rischer, ich habe einfach nur *Deutschkurs* gesagt, aber ja, es ist möglich, dass dann jemand aus dem Plenum, jemand in der ersten Reihe, sehr laut ergänzt hat: Am besten einen Aussprachekurs!

War das rassistisch, murmelt Rischer, war das eine rassistische Beleidigung, selbst wenn Rischers Äußerung für sich genommen nicht rassistisch war, dann vielleicht doch die Gesamtsituation?

Diese Frage versetzt Rischer in ihrem Untersuchungsstuhl, der schon körperlich nicht viele Bewegungen zulässt, nun auch in eine geistige Lähmung. Es ist, als verwandele sich, von Rischers Stirn ausgehend, ihre Gehirnmasse in Quittengelee. Je mehr Rischer versucht zu denken, desto weiter breitet sich das Quittengelee aus, Rischer erträgt es nicht mehr, der Vorwurf muss weg, und zwar jetzt sofort.

Rischer wählt die Nummer ihrer Frau.

Das ist typisch für Rischer. In den langen Jahren ihrer Beziehung hat sie in Krisensituationen eigenes Denken immer öfter durch den Griff zum Telefon ersetzt; fast könnte man sagen: Das Krisenbearbeitungszentrum in Rischers Gehirn ist in ihre Frau outgesourct worden. Und wie bei den meisten Auslagerungsprozessen kann auch in Rischers Fall so fast immer eine Ökonomisierung der Abläufe erzielt werden.

»Nico, findest du es rassistisch, internationalen Studierenden mit, na ja, mit nicht ganz so tollen Deutschkenntnissen zu empfehlen, noch mal einen Deutschkurs zu besuchen?«

»Nö.«

»Einen Ausspracheкurs?«

»Nö.«

»Nicht rassistisch? Auch wenn die Studierenden aus China kommen?«

»Nö.«

»Wirklich nicht rassistisch? Auch wenn vorher jemand aus dem Plenum beim Feedback gesagt hat: We totally didn't understand you, your German is too bad?«

»Your German is too bad? Nö.«

Rischer legt erleichtert auf.

Doch wie so viele Auslagerungsprozesse ist auch dieser nicht sehr nachhaltig. Rischer hält das Telefon noch in den Fingern, als ihr der Gedanke kommt: Auch wenn Nico nichts an der Situation rassistisch findet, ging es den chinesischen Studierenden vielleicht anders?

Der Studierende mit dem unterdrückten süddeutschen Akzent, der immer in der ersten Reihe sitzt
Rassistisch oder nicht, das sei ihm scheißegal, betont dieser Studierende, er sehe nicht ein, dass »die Chinesen« für ihr »unverständliches Gestammel« eine 3,7 bekämen und er für sein Referat eine 2,7. »Sorry«, so wörtlich, das »passt einfach nicht.«

> **Die Lektorin**
> Dass der Anlass für die Kritik des AStA so gering ist, dass es sich für jede:n erkennbar ganz klar nicht um einen Fall von Rassismus handelt – das erscheint mir tatsächlich der problematischste Aspekt an diesem Text zu sein. Natürlich gibt es Fälle, in denen fälschlicherweise »Rassismus!« gerufen wird. Aber muss man gerade eine dieser Situationen in einem Roman schildern? Nicht alles, was ist, muss ja auch erzählt werden.

Hannover, den 2. Dezember 1991

Liebe Eltern der 5c!

Heute wende ich mich nicht nur an Sie, um Ihnen und Ihren Familien eine harmonische Weihnachtszeit zu wünschen, sondern auch mit einem Bericht über unsere erfolgreiche Klassenfahrt Ende November. Wir sind im Harz gewandert, haben Schneeballschlachten gemacht, ein Bergbaumuseum besucht und gelernt, wie man Glas bläst. Es war aufregend, anregend, und lustig – und auch Martinas Auge ist schon wieder geheilt. Es war nur ein Bluterguss.

Den Höhepunkt aber bildete ein Ereignis, das eigentlich einen traurigen Hintergrund hat. Ich möchte den Vorfall hier kurz schildern, weil er die Klasse noch immer sehr bewegt und Ihnen von den Kindern sicher schon in den verschiedensten Versionen berichtet worden ist.

Am Dienstag unserer schönen Harzwoche haben wir einen Ausflug in den Osten unternommen, nach Wernigerode, einem wirklich malerischen Städtchen, natürlich noch ein wenig heruntergewirtschaftet. Aber allen Schülern hat es sehr gut gefallen. Als wir allerdings, schon auf dem Rückweg zum Bus, an einem Kindergarten vorbeikamen – einem Kindergarten, wohlgemerkt, das waren Drei- bis Fünfjährige, die da in dem Garten gespielt haben! –, als wir also nun dort vorbeigingen, rief ein kleines Mädchen: »Schaut mal, der ist ja braun wie Kacke!« Uns allen war sofort klar: Das Mädchen meint unseren Rajid. Wir waren zunächst wie gelähmt, auch Herr Thiessen und ich. Doch dann rief Marco geistesgegenwärtig: »Geht's noch? Die hat Rajid Schwabbelbacke beleidigt!«, und daraufhin hat wie aufs Stichwort die ganze Klasse dem kleinen Mädchen über den Gartenzaun die Meinung gesagt, hat klar gemacht, dass Rassismus nicht in Ordnung geht. Die Schüler mussten regelrecht zurückgepfiffen werden, das Mädchen war ja erst fünf Jahre alt und wusste es nicht besser.

Der Kollege Thiessen und ich haben der Klasse dann erklärt, dass diese Kinder hier eben nicht so weltoffen aufwachsen wie sie selbst, dass man hier wahrscheinlich noch nie live und in Farbe einen Menschen erlebt hat, der so aussieht wie unser Rajid. Das ist auch verstanden worden. Und Rajid hat die Solidarität gutgetan, das hat man deutlich gesehen. Der hat richtig geglüht.

Leider kam es dann beim Abendbrot in der Jugendherberge noch zu einer kleinen unschönen Szene zwischen Rajid und Nora – aber auch diese Situation konnten wir mit viel Humor, Verständnis und Zusammenhalt lösen.

Unsere ja noch sehr frische Klassengemeinschaft geht gestärkt aus diesem Erlebnis hervor.

Mit den herzlichsten Weihnachtswünschen,
Elke Duwenkotte

Die beste Freundin des Autors

Also bisher hatte ich nicht den Eindruck, dass Anton irgendwie rassistisch ist. Aber als Fabio, Anton und ich beschlossen haben, zusammen schwanger zu werden, da hat Anton tatsächlich was ziemlich Rassistisches gesagt. Eigentlich wollte nämlich erstmal Anton den Samen spenden, und in ein, zwei Jahren hatten wir ein Geschwisterkind mit Fabio als Erzeuger geplant. Aber dann kam Anton plötzlich die Idee, wir sollten besser jetzt Samen von Fabio nehmen, weil ich ja »biodeutsch« wäre. Und in ein paar Jahren sollten die beiden für das Geschwisterkind seinen eigenen Samen verwenden, meinte Anton, aber mit einer italienischstämmigen Mutter. Sodass beide Kinder italienische und biodeutsche Gene hätten und damit beiden Vätern ähnlich wären. Fabio war darüber genauso irritiert wie ich. Ich meine – hat Ähnlichkeit nicht eher was mit Persönlichkeit zu tun, mit Eigenschaften, mit Stärken und Schwächen? Außerdem finde ich es schon heftig, wie Anton einfach ohne mich Pläne für die Zukunft macht. Mit einer anderen Mutter wären die beiden Kinder doch auch gar nicht miteinander verwandt. Anton hat das einfach nicht richtig durchdacht. Deshalb machen wir auch alles so, wie ursprünglich geplant.

Heute um 13:02
Peter.Walter@berlin-radio.de
An: Rischer@uni-berlin.de
Betreff: Rassistischer Vorfall an der Uni Berlin – Interviewanfrage

Liebe Frau Rischer,

leider konnte ich Sie gerade telefonisch nicht erreichen, deshalb jetzt auf diesem Wege. Heute melde ich mich mal nicht mit einer Anfrage zu einem sprachwissenschaftlichen Thema, sondern zu einem aktuellen Vorfall an Ihrer Universität. Unsere Redaktion wurde auf eine E-Mail des Referats gegen Rassismus des AStA aufmerksam gemacht, in der schwerwiegende Vorwürfe gegen eine am Institut für Germanistik lehrende Person erhoben werden.
Hätten Sie Lust und Zeit, sich in unserer Hochschulsendung heute Nachmittag live zu diesem Thema zu äußern?

Ich brauche zeitnah Rückmeldung, da ich auch andere Lehrende des Instituts für Germanistik angefragt habe.

Mit herzlichen Grüßen Ihr
Peter Walter

Dr. Peter Walter
Berlin-Radio
Redaktion Bildung & Uni

7.

Die Bienen, Blumen, Äpfel und Störche schauen Rischer erwartungsvoll an.

Rischers Daumen zucken, sie kann den Reflex, das Interview zuzusagen, nur knapp unterdrücken.

Aber warum wollen Sie denn nicht zusagen, Frau Rischer, fragen viele von uns. So ein Interview ist doch die perfekte Gelegenheit, sich zu entschuldigen!

Ich bin aber nicht schuldig, zischt Rischer.

Ja, aber darum geht es doch auch gar nicht, Frau Rischer. Es geht darum, in dieser Situation das Richtige zu tun.

Das Richtige? Rischer versteht nicht, was wir meinen.

»Noch zehn Minütchen, Frau Rischer, ja? Dann komme ich und lasse Sie runter. Bald haben Sie's geschafft.«

»Ja danke, alles klar«, sagt Rischer, lächelt, fährt sich mit der Hand durchs Haar, die Wange entlang und übers Kinn, wackelt mit den Zehen – doch diese Gesten und Bewegungen wirken ja plötzlich wie Nachahmungen?

»Ich halte Ihnen die Daumen, dass es diesmal klappt, Frau Rischer!«

»Ja, danke«, Rischer lächelt und nickt, die Tür schließt sich, Rischer lächelt und nickt noch immer und sieht dabei aus, als wäre sie durch eine Hochstaplerin ersetzt worden.

Seltsam, bemerken viele von uns genauso besorgt wie interessiert, was ist denn da mit Rischer passiert?

Rischer schießt die Hitze ins Gesicht, sie weiß genau, was passiert ist: Sie ist in den *These Boots Are Made For*

Walkin'-Zustand geraten, der ist ja braun wie Kacke, man hat ja gar nichts verstanden!, hört Rischer, we totally didn't understand you, your German is too bad, am besten einen Aussprachekurs, und ja, es stimmt, als diese Sätze fielen, kam ebenfalls der *These Boots Are Made For Walking'*-Zustand über sie.

Rischer kennt dieses Gefühl schon lange, doch ganz klar wurde es ihr erst vor ein paar Monaten, durch ein Handyvideo der Hochzeit ihrer Cannstatter Cousine. Zum Abschluss der Feierlichkeiten hatte eine traurige Kapelle müde Coverversionen vergangener Hits heruntergedudelt, und die kurze, erstaunlich scharfe Aufnahme, die Rischer nun zu sehen bekam, zeigte die anderen Gäste auf der Tanzfläche entweder lächerlich oder elegant tanzend, ironisch oder versunken. Rischer hingegen, so stellte Rischer beim Ansehen mit Schrecken fest, wirkte zunächst so, als wäre sie ganz bei sich, ganz bei ihrer Wahrnehmung der Musik, dem Lied *These Boots Are Made For Walkin'*, machte stiefelnde Bewegungen, die zugleich zum Rhythmus passten und auch in durchaus nicht ganz uneleganter Form das *Walking* der *Boots* illustrierten – doch dann schien Rischer in dem Video plötzlich aufzuwachen: Ihr Blick begann zu wandern, herumzuirren, ihre Bewegungen wurden eckig, sie wirkte wie eine Parodie auf sich selbst. Einen Moment später fiel sie zurück in ihre geschmeidige Tanz-Versunkenheit, nur um kurz darauf wieder zu ihrer eigenen Parodistin zu werden. Im Rest der Aufnahme changierte sie wie eine optische Täuschung zwischen einer echten Rischer und einer Nachmacher-Rischer.

Rischer wusste damals sofort, wie und warum die Nachmacher-Rischer erscheint: Es passiert dann, wenn Rischer sich ihrer selbst zu bewusst wird. Bis sie das Video bekommen hatte, war sie davon ausgegangen, dass es sich um einen rein innerlichen Vorgang handelte. Nun sah sie, dass er äußerlich sichtbar wurde, und nicht nur ansatzweise, sondern radikal und überdeutlich.

Diese Erkenntnis hat dazu geführt, dass Rischer seitdem das Sich-Bewusstwerden zu unterdrücken sucht, was allerdings den unangenehmen Zustand nur multipliziert: Rischer wird sich, beim Tanzen, aber auch in anderen Situationen, auf der Toilette zum Beispiel oder im Seminar, ihrer selbst bewusst, wird sich dann bewusst, dass sie sich ihrer selbst bewusst wird, und wird sich daraufhin des Bewusstwerdens des Bewusstwerdens bewusst. Paradoxerweise führt dieses übermäßige Bewusstsein oft dazu, dass Rischer sich selbst schließlich als vollkommen irreal empfindet, dass sie an ihrem Sein in der Situation oder auch grundsätzlich zu zweifeln beginnt.

Und ja, es stimmt, dass Rischer nach dem Referat gefangen war im *These Boots Are Made For Walkin'*-Zustand, und ja, deshalb kann sie nicht vollkommen sicher sein, wie sie reagiert hat auf die Bemerkung aus dem Plenum: *Am besten einen Aussprachekurs* – es war *der* Studierende aus der ersten Reihe, der das ergänzt hat, wird Rischer jetzt klar, der geschniegelte mit dem unterdrückten süddeutschen Akzent, und er hat in der gleichen überartikulierten Weise gesprochen, wie er vor der Sitzung die Worte *Dieses fucking Seminar hat mit dem Real Life sowas von überhaupt nichts zu tun* produziert hat, EI-NEN AUUS-SPRAACHEE-KURRSSS mit sehr langem und sehr scharfem S am Ende, und ja, es ist möglich, dass dann, Rischer konnte es nicht verhindern, und es waren auch nur sehr wenige – dass dann einige der Anwesenden gelacht haben. Oder vielleicht auch alle. Fast alle.

Rischer schlägt die Hände vors Gesicht, und mit dem Aufprall ihrer Finger auf der Stirn finden die echte Rischer und die Nachmacher-Rischer wieder zusammen. Rischer atmet erleichtert aus.

Es wurde also gelacht, Frau Rischer?

Ja, na ja, ja, die Bemerkung des Studierenden habe wohl einen gewissermaßen komischen Effekt gehabt, räumt Rischer ein, die Frage sei nur, weshalb? Weil dieser Studierende selbst so sprach, als hätte er EI-NEN AUUSSPRAACHEE-KURRSSS besucht? Oder bezog sich das Lachen doch auf die Chinesen, die Studierenden aus der Volksrepublik China, und die, na ja, Luft nach oben, die bei ihrer deutschen Aussprache noch besteht? Es habe sich aber keinesfalls um ein höhnisches Lachen gehandelt, versichert Rischer, wirklich nicht, wenn, dann sei es höchstens ein überraschtes Lachen gewesen, vielleicht ein erleichtertes Lachen, weil das, was nie ausgesprochen werde, plötzlich gesagt worden sei, und –

Fakt ist: Es wurde gelacht. Und Fakt ist: Es war möglich, das Lachen auf das Referat der Studierenden aus China zu beziehen. Es als Auslachen zu verstehen. Als Vorführen. Als Othering.

Und Fakt ist: Rischer hat nichts getan, hat nichts dazu gesagt, hat das Lachen nicht eingeordnet, sondern der Interpretation jeder*jedes einzelnen überlasen, hat die beiden unsensiblen Studierenden nicht auf ihre Plätze verwiesen, nicht klargestellt, dass es nicht konstruktiv ist, *Your German is too bad* zu sagen oder seinen Kommiliton*innen einen Aussprachekurs zu verordnen.

Denn Rischer widerspricht nicht gern.

8.

Rischer setzt sich auf. Das hat sie getroffen. Sie macht Ansätze, zu widersprechen, doch ihre Gedanken verheddern sich. Sie will vollkommen ehrlich sein, da sind schnelle Erwiderungen kaum möglich.

Quod erat demunstrandum, können einige von uns sich nicht verkneifen zu kommentieren.

DemOnstrandum, korrigiert Rischer.

Wie auch immer. Fakt ist: Rischer widerspricht nicht gern.

Na ja … setzt Rischer an.

So wie neulich im Möbelhaus, Frau Rischer.

O nein, nicht das Möbelhaus, stöhnt Rischer. Bloß nicht das Möbelhaus!

Doch, doch, Frau Rischer, das Möbelhaus. In dieses Möbelhaus, eine Filiale in Berlin-Schöneberg mit Regenbogenfahnen vor der Tür, gingen Sie doch vor einigen Monaten zusammen mit Nico, um neue Matratzen für Ihr gemeinsames Bett zu kaufen, oder?

Ist doch egal, Rischer winkt energisch ab, das ist hier komplett irrelevant!

Aber warum kommen Sie dann gerade nicht vom Möbelhaus los, Frau Rischer, warum liegen Sie in Gedanken auf den verschiedensten Matratzen, testen Weichheit und Härtegrad, Schulterzonen und wärmende Fußbereiche, drehen sich zusammen mit Nico auf Rücken, Seite und Bauch?

Weil, sagt Rischer, weil, weil, weil, weil, weil –

Weil Rischer und Nico nach einer Weile des Matratzentestens von einer Verkäuferin angesprochen wurden, und zwar mit den Worten »Kann ich Ihnen helfen?«, weil Rischer erwiderte: »Ja, das können Sie, unser Bett ist ein Meter achtzig breit, und wir brauchen neue Matratzen. Zwei mal neunzig Zentimeter, Kaltschaum«, und die Verkäuferin das verstanden zu haben schien, denn sie zeigte Rischer und ihrer Frau verschiedene Kaltschaummatratzen in neunzig Zentimetern Breite. Und weil, als Rischer gerade bäuchlings auf einer Matratze mit Gelauflage in Härtegrad zwei lag, die Verkäuferin sagte: »Und für den Mann an Ihrer Seite nehmen Sie dann am besten Härtegrad drei.«

Ich weiß wirklich nicht, was dieses Thema hier soll, moniert Rischer.

Rischer fror auf ihrer Gelmatratze ein, wusste nicht, was tun. Sie vergrub ihr Gesicht in das ergonomisch geformte, viscoelastische Bauchschläfer*innenkissen. Nico neben ihr schwieg. Rischer lag da, bekam wenig Luft und überlegte, was zu tun war: Der Verkäuferin empört erklären, dass sie keinen Mann habe, sondern eine Frau, und dass dies wohl auch nicht schwer zu verstehen gewesen sei, da sie um neue Matratzen für *unser* Bett gebeten habe und sich dieses *Unser* ganz offensichtlich auf die beiden anwesenden Personen, nämlich ihre Frau und sie selbst, beziehe? Ja. Das war es, was gesagt werden musste. Sie wollte schon den Kopf vom Kissen heben, doch dann kamen ihr Zweifel: War das wirklich so eindeutig gewesen? Hätte sich das *Unser* nicht genauso auf einen zwar nicht anwesenden, aber durch das *Unser* implizierten Ehemann beziehen können? Ganz offenbar war für die Verkäuferin ein solch hypothetischer Ehemann ein wahrscheinlicherer

Kandidat für das zweite Mitglied des *Unser* als die tatsächlich existierende, vor Ort zu besichtigende Frau. In gewisser Weise war dies der Verkäuferin gar nicht vorzuwerfen, denn sie musste ja mit Kategorien arbeiten, um ihre Aufgabe zu bewältigen. Jeder arbeitet mit Kategorien.

Rischers Zorn verdampfte. Sie erwog sogar kurz, einfach mitzuspielen.

»Liegen Sie gut?«, fragte die Verkäuferin.

Rischer lag gut, war jedoch noch immer zu keiner Entscheidung gekommen.

Schließlich hörte sie Nico sagen: »Vielen Dank für die Beratung, wir wissen dann erst mal genug und werden das zu Hause mit unseren Männern besprechen. So eine große Entscheidung kann man ja nicht ohne seine bessere Hälfte treffen, stimmt's?«

Dafür hatte die Verkäuferin Verständnis.

Rischer lächelt versonnen. Diese Fähigkeit liebt sie an Nico besonders: Situationen, in denen Rischer sich so verbissen hat, dass es kein Vor und kein Zurück mehr gibt, ganz lässig aufzulösen.

Und doch, so finden einige von uns, wäre es richtig gewesen, die Verkäuferin aufzuklären. Schon für diejenigen Leute, die nach Rischer und ihrer Frau in die Bettenabteilung kommen werden: Homo- oder Transsexuelle, nonbinäre Personen, Paare mit großem Altersunterschied, Paare mit untypischer Gewichts- oder Größenverteilung, aus mehr als zwei Menschen bestehende Beziehungen, ethnisch gemischte Paare ... wäre es nicht im Sinne all dieser Menschen gewesen, das *Unser* der Verkäuferin ein wenig aufzuweichen?

Was hätte ich denn sagen sollen?, schimpft Rischer: Ich bin eine mittelalte, weiße, privilegierte, biodeutsche, lesbische, able-bodied Cis-Frau, meine Pronomen sind *sie/ihr*, und ich möchte hier eine Matratze kaufen?

Mein Name ist Lohse, ich kaufe hier ein, ruft jemand, den wir am besten ignorieren. Es fehlt ihm anscheinend am nötigen Ernst.

Wenn Sie sich gleich zu Anfang umfassend definiert hätten, Frau Rischer, wäre tatsächlich wohl die ganze Situation anders verlaufen. Aber es war auch noch nicht zu spät, als Sie bereits auf der Matratze lagen. Die falsche Annahme der Verkaufskraft hätte noch korrigiert werden können.

Rischer schüttelt den Kopf. Warum ist das unsere Aufgabe? Soll das Möbelhaus sein Personal doch besser schulen!

Mag sein. Doch letztlich läuft es nur auf eines hinaus: Rischer widerspricht nicht gern.

Der Proktologe des Autors
Was soll das denn? Ist doch gut, wenn jemand mal nicht beim kleinsten Anlass beleidigt ist.

Der Literaturkritiker
Ich bin ja selbst nicht schwul, aber ich bezweifle, dass diese Situation heute so passieren könnte, besonders in Berlin. Fühlt sich für mich, salopp formuliert, ein bisschen achtziger an, die Reaktion der Verkäuferin. Darüber sind wir als Gesellschaft doch hinaus.

Nico

Und für den Mann an Ihrer Seite nehmen Sie dann am besten Härtegrad drei – das ist doch eigentlich nur lustig, oder? Wie die Verkäuferin das heruntergebetet hat, in einem leiernden Tonfall, komplett ihrem Schicksal ergeben. Ich würde nicht mal ausschließen, dass sie Nora und mich als Paar erkannt hatte, aber in dem Moment einfach gar nicht hingeschaut hat, wer da gerade vor ihr rumliegt auf der Matratze. Verkäuferinnen haben ja oft, besonders wenn man stundenlang etwas ausprobiert, einen bestimmten starren Blick in die Ferne, und nach genau so einem Blick klang das. Sicher kann ich es nicht wissen, denn ich lag wie Nora auf dem Bauch.

Dass Nora neben mir sofort in Schockstarre verfallen ist, konnte ich allerdings deutlich spüren. Ich wusste genau, sie dreht durch, wenn ich der Verkäuferin über uns Bescheid sage, ich wusste genau: du musst jetzt den Mund halten, damit Nora die Situation ertragen kann. Als Nora dann aus der Bettenabteilung geflohen ist und ich hinterher, durch die Polstermöbelabteilung, die Küchenabteilung und die Kleinmöbelabteilung, da hatte Nora diese distanzierte Aura, die sie immer hat, wenn ihr klar wird, dass es ihr eigentlich peinlich ist, lesbisch zu sein. Oder nein, vielleicht stimmt das gar nicht mal, es ist ihr nicht peinlich, lesbisch zu sein. Es ist ihr peinlich, aufzufallen. Anders zu sein, als erwartet. Auf der Rolltreppe habe ich Nora dann eingeholt, stand hinter ihr, habe sie also nur von hinten gesehen, ich konnte trotzdem erkennen, was gerade in ihr vorgeht, ihre Schultern ziehen sich dann zusammen, und der Rücken wird steif. Beim Anblick von Noras Rücken und diesen ganzen Möbeln, da hatte ich so ein Gefühl von Eingemauertsein. Kennt ihr das, wenn man frischverliebt in ein Möbelhaus geht? Da erscheinen einem die ganzen Möbel als Boten einer wunderschönen gemeinsamen Zukunft. Und dann, ein paar Jahre später, wenn man schon einiges gemeinsam hinter sich hat, nicht mehr ganz so verliebt ist, da kann ein Besuch im Möbelhaus auffrischend wirken, als könnte man sich mit neuen Möbeln in der alten Beziehung neu einrichten. Aber an diesem Tag, in diesem Möbelhaus, auf der Rolltreppe – da hat der Anblick der Möbel bei mir nur ein Gefühl ausgelöst: Dass sie dazu da sind, alles so vollzustellen mit gemeinsamem Besitz, dass man den Ausgang nicht mehr findet.

Die Studierende, die nur alle vierzehn Tage kommt, dann aber gut mitarbeitet

Ob Frau Rischer in der Situation was hätte sagen sollen? Na ja, ich war jetzt in der betreffenden Sitzung nicht da, das muss ich fairerweise sagen, ich habe in dem Zeitslot zwei Seminare, da gehe ich abwechselnd hin, anders ist mein Stundenplan nicht zu schaffen, ich bekomme Bafög und muss einigermaßen die Regelstudienzeit einhalten. Und letzte Woche war eben gerade das andere Seminar dran. Aber ja, ich kann mir gut vorstellen, dass Frau Rischer bei einer rassistischen Beleidigung nichts unternimmt. Das passt einfach zu ihrer ganzen Art. Die hat sowas Harmoniesüchtiges, sie legt auch den Seminarteilnehmer*innen die Antworten geradezu in den Mund. Man sagt irgendeinen Quatsch, und dann Frau Rischer so: Ah, das haben Sie sehr gut erkannt, Sie meinen also … und dann leiert sie ihre eigene Analyse herunter. Also, Frau Rischer traue ich das alles sofort zu.

Und dann ist es auch genau richtig, zum AStA zu gehen, finde ich. Hätte ich auch gemacht, wenn ich da gewesen wäre. Es ist nun mal die Aufgabe der Dozierenden, im Seminar einen sicheren Ort für alle Teilnehmenden herzustellen. Einen Ort, den man ohne Angst vor Diskriminierung und Verletzung aufsuchen kann.

Nico

Eigentlich hat Nora dann aber doch widersprochen. Die Stimmung war ziemlich am Boden, als wir aus dem Möbelhaus kamen, da konnten die Regenbogenfahnen davor auch nichts mehr dran ändern. Der Bus war gerade weg, wir mussten nach Hause laufen. Es war schon dunkel, Dezember halt, es gab einiges an Weihnachtsbeleuchtung, wir sind schweigend nebeneinander hergegangen, der Härtegrad drei schwebte unausgesprochen zwischen uns.

Und als wir dann schließlich auf dem Kudamm angekommen waren, da ist es passiert. Ein Mann kam auf uns zu, so ein mittelalter Typ mit Brille, und sagte: »Entschuldigung?« Ich dachte, das ist ein Tourist, der nach dem Weg fragen will – aber er meinte stattdessen sehr freundlich zu mir: »Wie wäre es, wenn Sie einfach mal laufen würden wie eine Frau? Schönen Abend noch!«

Und ist weitergegangen.

Wie höflich der das gesagt hat, das hatte echt was Absurdes. Nora und ich haben uns angeschaut, Nora hat gar nicht kapiert, was da überhaupt passiert ist, aber ich, ich habe es natürlich gleich kapiert, ich erlebe sowas, seit ich zwölf Jahre alt bin, mich beeindruckt das nicht mehr die Bohne, und dann hat auch Nora es endlich verstanden und dem Typen hinterhergerufen: »Meine Frau läuft so, wie sie will, Sie Arschloch!« Der war schon lange weg, das hat der gar nicht mehr gehört. Das war Nora auch klar, sonst hätte sie es nie gemacht. Ich habe Noras Hand genommen, und wir sind weitergelaufen, in den Bäumen auf dem Kudamm waren kleine elektrische Lichter, man hätte sich fast einbilden können, man wäre auf den Champs-Élysées, und auf einen Schlag war zwischen uns alles gut. Das hatten wir nur diesem blöden Typen zu verdanken, das ist schon echt ironisch, dass solche Leute denken, sie greifen uns an, dabei schweißen sie uns zusammen.

Wir sind so fröhlich flaniert, als kämen wir aus dem Theater oder von einer schönen Party, und dann haben wir in einer Seitenstraße auch noch eine absolut geniale verfleckte Matratze mit einem *Zu verschenken*-Schild daran entdeckt. »Ist das wohl Härtegrad drei?«, rief Nora, wir haben gelacht, und dann habe ich gleich ein Foto gemacht, mit meinem Telefon, die Spiegelreflex hatte ich leider nicht dabei. Ich fotografiere seit zwei Jahren alles, was auf den Berliner Straßen mit einem *Zu verschenken*-Schild abgestellt wird, zerlesene Bücher, schmutzige Teller, zerbrochene Fernsehtische, durchgelatschte Schuhe, kaputte Kühlschränke – aber ich wusste nie, wohin das führen soll, und in dem Moment hatte ich es plötzlich vor Augen: Ein riesiges, fünf Meter hohes Geschenkpaket, beklebt mit den tausenden *Zu verschenken*-Fotos und einer goldenen Schleife drumherum. Nora ist sonst solchen Projekten gegenüber oft ein bisschen kritisch, ihr ist das zu plakativ, aber an diesem Abend war das anders, da sagte sie: »Und das Paket ist angefüllt mit den Schuldgefühlen, die beim Wegwerfen eines Gegenstandes entstehen.« Sie hatte nämlich gerade in einem Aufräum-Ratgeber gelesen, dass man alte Sachen nicht anderen aufdrängen soll, weil man sonst die Schuldgefühle des Wegwerfens auf diese anderen abschiebt. Das hat mir sofort eingeleuchtet, die Leute stellen also nicht nur ihre alten Sachen unter dem Vorwand des Verschenkens auf die Straße, sondern auch die dazugehörigen Schuldgefühle. Ich habe mir das gleich im Kopf notiert, für den Begleittext im Katalog – und dann wusste ich auch einen Titel für das Objekt: Das trojanische Paket.

Der Literaturkritiker
Glaube ich nicht. Auch die Szene auf dem Kudamm glaube ich einfach nicht. Das passiert nicht im heutigen Berlin, jedenfalls nicht in dieser Gegend. Das interessiert doch niemanden, wer wie herumläuft. Und ich muss es wissen, ich lebe selbst hier im Kiez.

9.

Na gut, na gut, vielleicht widerspreche ich tatsächlich manchmal nicht gern, räumt Rischer ein, kann sein ... ja, aber: nein, oder: Das ist vermutlich zugleich wahr und nicht wahr, sagt Rischer zögernd. In einem Streit- oder Diskussionsgespräch habe sie keinerlei Probleme, eine abweichende Meinung zum Ausdruck zu bringen. Aber sie widerspreche nun mal ungern in Situationen, in denen Dissens dispräferiert sei.

Rischer redet Fachchinesisch –

Rischer zuckt zusammen –

Fachsprache, meinen wir natürlich, Frau Rischer. Fachsprache. Aber für Dispräferiertheit ist jetzt keine Zeit, wir müssen nun endlich eine Entschuldigung formulieren, die Bestürzungs-Bekundungen im Netz vermehren sich exponentiell, alle versuchen herauszufinden, gegen wen der Vorwurf geht, und ganz abgesehen davon wäre es einfach richtig –

Frau Rischer? Hören Sie uns?

Rischers linke Hand nimmt eine Haltung an, als rollte sie ein Stück Kreide zwischen Zeigefinger und Daumen. Der Begriff der Präferiertheit stamme aus der ethnomethodologischen Konversationsanalyse, doziert sie, Grundgedanke der Konversationsanalyse sei, dass wir alle ständig durch unser Verhalten aktiv die sozialen Situationen konstruierten, in denen wir uns befänden.

Seit wie vielen Jahren bete ich diese Sätze nun schon herunter?, fragt Rischer sich. Vor Studierenden, die mit zunehmender Ungeduld auf den Gedanken der Konstruiertheit sozialer Realität reagieren. Einigen erscheint die Idee banal – ist doch klar, dass eh alles fake ist. Andere wollen nicht verstehen, dass die Konversationsanalyse zwar Regeln beschreibt, aber nicht moralisch wertet. Sie sind entweder komplett gegen Regeln jeder Art oder fragen, welches Verhalten im Gespräch denn nun falsch sei und welches richtig. Wieder andere wollen wissen, ob das klausurrelevant ist.

Rischer schüttelt heftig den Kopf. Nein, korrigiert sie sich, das ist viel zu undifferenziert dargestellt, in Wirklichkeit sind die Reaktionen der Studierenden sehr viel komplexer. Diejenigen, denen das Ganze banal erscheint, die Abgeklärten, die müssen zum Beispiel noch einmal in zwei Kategorien aufgeteilt werden: Einige wissen eh schon lange, dass alles fake ist – andere, dass alles konstruiert ist. Das sind zwei komplett verschiedene Fraktionen, betont Rischer. Und dann gibt es natürlich auch noch die Studierenden, die wirklich wissenschaftlich arbeiten wollen und können, die darf man auch nicht unter den Tisch fallen lassen!

Das sind ja sicher die meisten, Frau Rischer.

Nein, nein, ja, ja, absolut korrekt, vollkommen richtig, das sind die meisten, die allerallerallermeisten – Rischer schluckt hart – ich will hier gar keine Pauschalurteile, Rischers Augen wandern unruhig hin und her, das ist auch nur … vielleicht haben andere Lehrende … kann man ja so verallgemeinernd auch … ist ja vielleicht … natürlich belegen nicht alle Studierenden meine Lehrver… ich kann das also keinesfalls repräsentativ … gar nicht mein Anspruch … nur meine … aber bestimmt nicht allgemeingültig … nein, nein, ganz im Gegenteil … die allerallerraller –

Ist Rischer noch ansprechbar, fragen sich viele von uns besorgt. Oder haben die Hormone sie in eine Art Rauschzustand versetzt?

Frau Rischer? Wir müssen jetzt eigentlich langsam mal Ihre Entschuldigung –

... die alleralleraller, Rischer schluckt, das liegt sicher auch daran, dass Germanistik ein Ausweichfach ist, da sitzen viele in den Seminaren, speziell in den Grundkursen, die lieber was ganz anderes studieren würden, was Praxisorientierteres, aber dafür reicht ihr Schnitt nicht, der Fehler liegt also im System, und da ist es dann ja auch mehr als verständlich, dass viele, also einige, einige wenige, nicht so das ganz große Interesse an germanistischen Themen aufbringen, wenn sie ja eigentlich was anderes studieren wollten, aber die alleralleraller –

Frau Rischer?

Rischer soll endlich die Klappe halten und sich entschuldigen!, fordern einige.

Lasst Rischer doch, rufen andere, das ist ja ganz unterhaltsam!

Popcorn, bitte, wird gefordert, aber mit Salz!

Und Butter!

... oder diese Studierenden brauchen halt einfach nur irgendeinen Hochschulabschluss, um hinterher von der Unternehmensberatung besser bezahlt zu werden, und Germanistik hat keinen NC, also das ist ...

Na gut, Frau Rischer, dann sprechen wir jetzt eben über –

Frau Rischer?

... und für BWL und VWL muss man rechnen können, das kann nicht jeder, ich auch nicht, also: das kann man denen ja nicht persönlich zum Vorwurf machen, das liegt am System und ...

Hallo, Frau Rischer?

Rischer blickt auf. Ja?

Lässt sich vielleicht, unter Berücksichtigung all dieser abmildernden Faktoren, doch sagen, dass, vorsichtig ausgedrückt, eher eine Minderheit der Studierenden Feuer und Flamme für die Konversationsanalyse ist?

Rischer lässt sich tief in ihren Stuhl sinken. Ja. Das stimmt. Und das kann ich einfach nicht verstehen.

Kein Wunder, denn für Rischer selbst war die Konversationsanalyse eine Offenbarung. Das hat einen sehr privaten Grund, über den Rischer niemals spricht, der ihr aber vollkommen bewusst und etwas peinlich ist.

So peinlich, dass sie sich jetzt die Ohren zuhält und anfängt zu singen, denn sie weiß, dass wir über diesen Grund reden müssen, dass er für unsere Untersuchung relevant ist.

LAA, la, la, la, LAA, la, la, la, LAA, LAA, LAAA, singt Rischer. Es handelt sich anscheinend um *Born This Way* von Lady Gaga. Das ist aber auch egal, Hauptsache, Rischer hört uns nicht.

Hören Sie was, Frau Rischer? Frau Doktor Rischer?

LAA, la, la, la, LAA, la, la, la, LAA, LAA, LAAA

Offenbar nicht. Also: Für Rischer war und ist die Konversationsanalyse deshalb so anziehend, weil Rischer an einer unangenehmen Überempfindsamkeit in Bezug auf soziale Interaktion leidet. So wie andere stark auf Erdnüsse reagieren oder auf Gluten oder kratzende Wollstoffe, reagiert Rischer auf Missverständnisse, Überschneidungen und zu lange Pausen in Gesprächen. Wenn sie im Radio ein Interview hört, bei dem der Politiker nicht merkt, dass der Moderator ihn vorsichtig zur Beendigung des Gesprächs drängen möchte, schaltet Rischer das Radio schnell aus, bevor dem Interviewten kurz vor den Nachrichten das Wort mit Gewalt entzogen wird. Wenn Rischer ein Gespräch im Bus mitbekommt, in dem ein Fahrgast die Ironie des anderen einfach nicht verstehen kann, wechselt sie den Platz, bevor der Witz schließlich erklärt werden muss. Wenn sie beim Bäcker erlebt, wie eine Kundin den Verkäufer am Brotregal hin und her scheucht – das linke Brot, nein, nicht das, das mit den Leinsamen, ist das mit Hefe? Ich vertrage nämlich keine Hefe. Nein, nein, nicht das, das rechts davon, das mit dem Sesam, ist das mit lang sam gegärtem Sauerteig? Nein? –, dann gibt Rischer ihren Platz in der Schlange auf. Es ist, als würde sie zwei Autos aufeinander zufahren sehen und vor dem Zusammenstoß wegschauen müssen. Wobei es nicht die schlimmen Zusammenstöße, die großen Streitgespräche sind, die Rischer am meisten fürchtet. Es sind die kleinen Unwegsamkeiten, die flachen Schlaglöcher und Spurrinnen, die ihr ein Gefühl unter den Fingernägeln verursachen, als würde sie gezwungen, damit über eine Tafel zu kratzen. Mit der Konversationsanalyse hat Rischer ein Feld gefunden, in dem sie ihre übersteigerte Aufmerksamkeit nutzen und ihre übergenauen Beobachtungen in Fachausdrücke fassen kann. So wird es erträglich. Sie muss dann nicht mehr denken: Ich widerspreche nicht gerne, sondern: Ich bringe ungern Dissens zum Ausdruck in Situationen, in denen Dissens nicht präferiert ist.

Dissens? Präferiert? Rischer nimmt die Hände von den Ohren und lächelt. *Zur Präferiertheit von Dissens in berlinischen Alltagsgesprächen.* So heißt meine Doktorarbeit! Sie greift ihr Telefon, öffnet ein Dokument und wischt durch die Seiten. Hier sind zwei gute Beispiele, sagt sie dann. Rischer atmet tief ein –

Kann man Rischer irgendwo abschalten, wird gefragt, wo ist hier denn der Aus-Knopf, Rischer ist ja wie aufgezogen, wie ein Kind, das zu viel Zucker bekommen hat!

Das sind die Hormone, sind sich viele unter uns inzwischen sicher.

Oder ist es tatsächlich die Konversationsanalyse, die Rischer so euphorisiert?

Smalltalk dient eher der Beziehungspflege als dem Austausch von Informationen, erläutert Rischer, und deshalb sei es üblicherweise sozial unerwünscht, darin abweichende Meinungen zum Ausdruck zu bringen. Nicht-Übereinstimmung gefährde nämlich die Beziehung, die ja durch den Smalltalk gerade gepflegt werden solle. Wenn man nun trotzdem im Smalltalk Dissens zum Ausdruck bringen wolle, dann schwäche man ihn am besten ab. Rischer zieht auf dem Display ihres Telefons ein Dokument groß. Das hier ist ein gutes Beispiel dafür, wie das Gefährdungspotential von Dissens in Gesprächen abgefedert wird. Achten Sie bitte besonders auf die Zeile 02!

01 L: Ich finde das bescheuert.
02 P: Ach, ähm, also ich weiß nicht, so bescheuert
finde ich das eigentlich gar nicht.

Und? Rischer umgibt nun die etwas unangenehme Aura einer übermotivierten Einser-Schülerin, aber davon sollten wir uns nicht täuschen lassen. Rischer tut das nicht fürs Renommee. Sie findet das wirklich so interessant. Möchte jemand sich zu diesem Ausschnitt äußern?, fragt Rischer.

Dieser P. stottert so blöd rum, ruft jemand.

Genau, Sie haben völlig Recht, das ist eine sehr gute

Analyse, lobt Rischer, ich fasse Ihren Beitrag eben noch mal zusammen, der Sprecher P. leitet also in Zeile 02 seine abweichende Meinung mit *Ach, ähm, also ich weiß nicht* ein. Solche sogenannten Verzögerungssignale und Heckenausdrücke kommen üblicherweise im Smalltalk zum Einsatz, um die Schärfe eines Widerspruchs abzuschwächen. Nicht so im Berlinischen! Rischer wischt über das Display ihres Telefons, so! Das folgende Beispiel zeigt eine Interaktion zwischen einem Zugezogenen (Z) und einem Berliner (B).

01 Z: Ganz schön kalt heute, was?
02 B: Ach wat, so'n Wetta jeht do noch.
03 Z: Da haben Sie auch wieder Recht, an der frischen Luft ist es doch immer schön.
04 B: Nee, also dit nun och wieda nich, schön is dit bestümmt nich, dit könnse ma glauben!
05 Z: Stimmt, ist schon recht frisch heute.
06 B: Frisch? Frisch nenSe dit? Neeeeeeeee, dit is do eisekalt!

Also, was zeigt dieses Beispiel? Rischer bekommt nun ihre Uni-Stimme, ihre Referats-Stimme, wie ihre Freundinnen in der Schule gesagt haben, eine Stimme, der nichts und niemand etwas ankann, weil sie sich auf dem sicheren Gebiet der Geisteswissenschaft bewegt, dem wiederum das Leben nichts ankann (so dachte Rischer jedenfalls bisher). Das Beispiel zeige, sagt Rischer, dass der Ausdruck abweichender Bewertungen im Berliner Smalltalk keinesfalls sozial unerwünscht sei, ganz im Gegenteil! Der Berliner äußere die abweichenden Bewertungen nämlich ohne Verzögerungssignale oder Heckenausdrücke.

Rischer lächelt. Der Nicht-Berliner hingegen orientiere sich an der außerhalb Berlins geltenden Regel, dass in informellen Alltagsgesprächen der Ausdruck von Konsens erwünscht sei, und stimme dem Berliner einfach immer zu. Er wisse nicht, dass in Berlin gerade der fröhliche Dissens der Beziehungspflege diene. Das führe zu kleineren und größeren interkulturellen Problemen zwischen Berliner*innen und Zugezogenen.

Verstanden? Rischer legt das Telefon zurück auf seinen Platz über der Bauchfalte. Ihre Wangen glühen. Die Doktorarbeit hat ihr viel Ansehen gebracht, nicht nur in der Wissenschaft. Auch die Medien wurden aufmerksam und berichteten; das Thema war nah genug am Leben des Publikums, der Menschen da draußen. Seitdem kontaktieren Journalist*innen Rischer in jeder Frage, die auch nur entfernt mit Sprache oder Interaktion zu tun hat.

Rischer nimmt schon wieder das Telefon zur Hand, sie ruft einen Zeitungsartikel auf. Das hier ist mein Interview zum Thema Missverständnisse in Beziehungen, und hier war ich im *Morgenmagazin*, Rischer blättert eine Seite mit einem Screenshot auf, der Rischer zeigt, wie sie ihr kompetentestes Lächeln lächelt, da ging es um Verhalten in Bewerbungsgesprächen, Rischer blättert weiter, das hier ist mein Blog zu sprachwissenschaftlichen Fragen, natürlich twittere ich auch, auf Instagram mache ich noch nicht so viel, mit TikTok fange ich gerade an, und das hier ist ein Transkript meines Radiointerviews zum Verschwinden von Dialekten. Ach ja, und das hier war mein Blogbeitrag zur diskursiven Konstruktion von Entschuldigungen –

Entschuldigungen, Frau Rischer?

Ist eigentlich auch egal, sagt Rischer.

Rischer ist keinesfalls Expertin auf all diesen Gebieten –

Ja, stimmt, räumt Rischer ein –

Doch wenn sie versucht, die Journalist*innen an qualifiziertere Kolleg*innen zu vermitteln, dann wollen die Journalist*innen das nicht. Sie wollen Rischer, denn sie kennen Rischer, und das Publikum kennt Rischer, und das ist wichtiger als die fachliche Qualifikation. Ihre Präsenz in den Medien ist für Rischer ein zweischneidiges Schwert. Einerseits führt diese bescheidene Prominenz dazu, dass sie gerne zur Beteiligung an Drittmittelanträgen und Publikationen eingeladen wird, denn ihr Name kann nützen. Andererseits lässt man Rischer in der sprachwissenschaftlichen Community auf subtile Weise spüren, dass sie sich an die Medien verkauft, dass sie, um medial präsent zu sein, Zusammenhänge vereinfacht, wenn nicht sogar verfälscht, denn nur vereinfacht oder verfälscht sind aus dieser Sicht wissenschaftliche Erkenntnisse überhaupt für die Allgemeinheit interessant. Diese Haltung gibt sich äußerlich als Sorge um wissenschaftliche Standards und ist tatsächlich schlicht: Neid.

Rischer sieht den Störchen, Äpfeln, Bienen und Blumen beim Fliegen zu und nickt.

Alles in allem hat sie dem Widerspruchsgeist der Berliner*innen jedoch einiges zu verdanken, vielleicht auch die Lehrstuhlvertretung an der Uni Berlin, mit einiger Hoffnung, bei einer Neubesetzung der Position den Ruf zu erhalten.

Die Doktorarbeit war ein voller Erfolg.

Schade ist nur, dass die besten Beispiele darin frei erfunden sind.

Rischer errötet.

Dieser kleine Schwindel Rischers sollte nicht als Hinweis auf ihren Charakter gelesen werden. Sie handelte damals mehr oder weniger in Notwehr, denn die meisten Gespräche, die sie für ihre Arbeit mit der Videokamera aufgezeichnet hatte, gaben einfach nichts Robustes her. In den Momenten aber, in denen keine Kamera lief, beim Bäcker oder im Bus oder auch beim Abendessen mit ihrer Frau – da fanden genau die Unterhaltungen statt, die Rischer gebraucht hätte. So ging sie dazu über, Gedächtnisprotokolle dieser Interaktionen anzufertigen. Frei erfunden sind die Beispiele also auch wieder nicht.

Nur fast.

Die Beispiele sind auf einer anderen Ebene wahr, sagt Rischer. Sie sind wahrhaftig. Heutzutage wird die Wissenschaft so furchtbar kleinlich betrieben! Entscheidende Werke der Geistesgeschichte wären doch gar nicht entstanden, wenn man alles auf Daten hätte basieren müssen. Wobei ich natürlich nicht grundsätzlich gegen Empirie bin, ganz im Gegenteil, diese Lehnstuhllinguistik, in der alle Erkenntnisse auf dem Sprachgefühl eines einzelnen Sprachwissenschaftlers beruhen, hat ja auch ihre Probleme, da ist es doch besser, man arbeitet mit empirisch erhobenen Sprachdaten, ich habe wirklich nicht grundsätzlich was gegen Daten, aber –

Aber es müssen eben die passenden Daten sein, Frau Rischer?

Jedenfalls lastet die Sache sehr auf mir.

In ehrlichen Momenten fragt Rischer sich allerdings, was genau es eigentlich ist, das sie da auf sich lasten fühlt: Der Betrug selbst? Oder die Gefahr des Auffliegens? Ist die Quelle ihres Unbehagens die tiefe moralische Überzeugung, falsch gehandelt zu haben – oder doch eher ein Vorgefühl der Beschämung, die eintreten würde, wenn man Rischer erwischte?

Der Proktologe des Autors
Das glaube ich sofort, dass das alles erfunden ist! So redet hier in Berlin doch keiner.

Die Nachbarstochter
Na klar, wenn eine Frau sich beruflich engagiert, dann schlägt das natürlich gleich in blinden Übereifer um, dann ist sie die skrupellose Streberin im Elfenbeinturm. Und klar, so erfolgreich kann sie nur sein, weil sie ihre Daten fälscht. Ernsthaft jetzt?

Prof. Dr. Brigitte E.
Interessant. Mir kam die Argumentation in Antons Doktorarbeit tatsächlich immer etwas zu stringent vor. Als wäre da was passend gemacht worden.

Der Studierende mit der Ray-Ban-Fliegerbrille
Ich denke nicht, dass Frau Rischers Fehler nur war, nichts zu dem Lachen zu sagen. Das wäre ja schon scheiße, aber noch verständlich, da hat sie vielleicht nicht so spontan drauf reagieren können, okay. Aber dass sie dann noch einen draufgesetzt hat, dass sie in das Lachen hinein zu den Studierenden aus China gesagt hat: »Die deutsche Aussprache ist für Sie ja nun mal besonders schwer erlernbar« – das fand ich echt too much.

Prof. Dr. Brigitte E.
Das habe ich nur gesagt, um die Chinesen zu trösten!

10.

Rischer war also nicht ganz ehrlich zu uns.

Mein Satz zu den intralingualen phonologischen Interferenzen war mir tatsächlich entfallen, behauptet Rischer, aber ja, jetzt wo ich ihn höre, erinnere ich mich schon, dass ich den wohl gesagt habe. So oder so ähnlich.

Rischer wird zu warm unter der Decke, der Schweiß läuft an ihren Oberschenkeln entlang, ich wollte, sagt Rischer, ich wollte den chinesischen Studierenden signalisieren, dass mir klar ist, welche Herausforderung die deutsche Aussprache für sie darstellt. Keinesfalls wollte ich in den Raum stellen, dass ihre Ethnizität in irgendeiner Form ihre Lernfähigkeit einschränkt, also das wäre ja, wäre ja –

Die Studierende, die Rischer schon öfter beim Anschließen des Beamers geholfen hat

Rassistisch war das. Biologistisch und rassistisch. Und besonders schlimm finde ich, dass einige Leute aus dem Seminar sich jetzt richtiggehend darüber freuen, dass mal jemand was wegen diesen Referaten von internationalen Studierenden gesagt hat, die sprachlich nicht so ganz perfekt sind. Heul, heul, man hat ja gar nichts verstanden! Ernsthaft? Dann müssen sich die Zuhörer*innen eben ein bisschen anstrengen, ist doch gar nicht schlecht, wenn man mal aus seiner Komfortzone gelockt wird. Ist doch gut, wenn die Idee, alles müsste in hochkorrektem Deutsch vorgetragen werden, mal durchbrochen wird.

Dieses Beharren auf dem Deutschen, das hat ja auch was ziemlich ekelhaft Eurozentristisches. Das Ideal des muttersprachlichen Habitus ist in der Zweitsprachdidaktik übrigens längst überholt. Sowas sollte Frau Rischer als Sprachwissenschaftlerin eigentlich wissen.

Und dann gibt es auch noch ein paar Personen, die das Ganze komplett verdrehen: Der AStA würde das nur für rassistisch halten, weil es eben zufällig Studierende aus China waren. Wenn die aus Frankreich gewesen wären, meinen die, dann fände das niemand rassistisch.

Solchen Idioten kann ich nur sagen: Das ist auf so vielen Ebenen falsch, da weiß ich gar nicht, wo ich anfangen soll. Erstens gehen die einfach davon aus, dass Studierende aus Frankreich weiß sind. Fail! Was die also eigentlich sagen müssten, ist: Wenn die Studierenden *weiß* gewesen wären. Und zweitens ist das eh kein Argument, denn DAS IST JA GERADE DER PUNKT! Das ist ja gerade das Privileg weißer internationaler Studierender, dass für sie eine Kritik an ihrem Deutsch nur eine Kritik an ihrem Sprachniveau ist, dass sie sich nicht aus ihren Rassismuserfahrungen heraus fragen müssen: Ging es da jetzt wirklich um meine Sprachkenntnisse? Oder gegen meine Anwesenheit hier?

Der Studierende, der mit seiner Referatsnote unzufrieden war und deshalb gleich zu Baldauf gerannt ist

Wenn diese Situation überhaupt irgendwas mit Privilegien zu tun hat, dann mit dem Privileg der Chinesen: Bei denen merkt man es nämlich nicht, wenn sie ihr Referatsthema nicht verstanden haben, weil man eh nichts versteht. Das ist deren Privileg. Fertig aus.

Heute um 13:35
Baldauf@uni-berlin.de
An: Baldauf@uni-berlin.de
Betreff: Zur Mail des AStA »Rassistischer Vorfall an unserer Uni«

Liebe Mitglieder des Instituts für Germanistik,

*wie Ihnen vielleicht bereits bekannt ist, beschuldigt das Referat gegen Rassismus des AStA eine an unserem Institut lehrende Person, drei internationale Studierende rassistisch diskriminiert zu haben. Um Schaden von unserem Institut und der Universität abzuwenden, schlage ich in Rücksprache mit Fakultät und Hochschulleitung eine proaktive Vorgehensweise vor. Ich bitte deshalb die betreffende Person dringend darum, sich bis zur Zusammenkunft des Institutsrats heute Nachmittag bei mir zu melden, sodass wir in der Sitzung gemeinsam eine Entschuldigung ausarbeiten und zeitnah öffentlich machen können. Ich habe auch zwei Vertreter*innen des Referats gegen Rassismus des AStA zum Institutsrat eingeladen, sodass wir ihr Wissen über die betreffende Situation und ihre Perspektive auf Rassismus bei der Formulierung der Entschuldigung berücksichtigen können.*

Anbei finden Sie die aktualisierte Tagesordnung. Ich habe das Thema unter »Sonstiges« eingeschoben.

Mit herzlichen Grüßen
Balduin Baldauf, geschäftsführender Direktor

Prof. Dr. Balduin Baldauf
Professur für Pragmatik der deutschen Sprache
Universität Berlin
Institut für Germanistik

11.

Rischer blickt so starr auf das Display ihres Mobiltelefons, dass die Buchstaben vor ihren Augen verschwimmen. Für einen Moment wollte sie glauben, es sei eine Mail der Studierenden aus China mit dem ungefähren Inhalt: *Liebe Frau Rischer, wir bestätigen Ihnen hiermit, dass es keinen rassistischen Vorfall in Ihrem Seminar gab und Sie auch grundsätzlich keine Rassistin sind* – aber es ist Balduin Baldauf, und Baldauf will gar nicht erst herausfinden, ob das überhaupt rassistisch war, er will den Vorfall gar nicht untersuchen! Ich soll mich einfach so entschuldigen, Rischer kann es nicht fassen, er setzt mir ein Ultimatum, ich soll mich bei ihm melden, ich soll mich stellen, und er droht unverhohlen damit, dass mich sonst eben die Vertreter*innen des AStA im Institutsrat outen werden. Aber es zeigt wenigstens, dass Baldauf nichts weiß, der hat keine Ahnung, dass ich es bin – oder doch? Ahnt er, dass ich es bin?

Rischers Hände zittern, Rischer tippt ins Telefon, Rischer schreibt *Raddismua*.

Meinten Sie Rassismus?, fragt Google, und genau das meinte Rischer: *Rassismus*, *Uni Berlin* und *Nora Rischer*.

Ein Treffer.

Rischer hat den Impuls, das Telefon wegzuschmeißen, es an die Wand zu knallen, mitsamt seinem Inhalt, nie zu erfahren, was dieser eine Treffer ist, aber das geht nicht, Frau Rischer, Sie müssen –

Rischer wischt über das Display, entschlossen, als würde sie ein Pflaster abreißen. Der Treffer befindet sich auf der Startseite der Universität, stellt Rischer fest, unter *Aktuelles*, ja, da steht der Text der Rundmail, *Rassistischer Vorfall an unserer Uni*, und da ist eine Stellungnahme der Hochschulleitung und da –

Vorsicht, Rischer atmet wieder viel zu schnell und flach, warnen einige von uns –

Da taucht Rischers Name doch gar nicht auf? Rischer wischt herum, Rischer findet sich nicht, nutzt die Suchfunktion der Seite, ohne Ergebnis, keine Ahnung, warum Google das ausgespuckt hat, stand da vielleicht schon mein Name, und die Uni hat kalte Füße bekommen und ihn wieder heruntergenommen?

Oder nennt die Präsidentin doch Rischers Namen?

Selbstverständlich, liest Rischer, *wird die Universitätsleitung alles tun, um den rassistischen Vorfall in einer sprachwissenschaftlichen Lehrveranstaltung am Institut für Germanistik schnellstmöglich aufzuklären.*

In einer sprachwissenschaftlichen Lehrveranstaltung? Woher weiß die Hochschulleitung, dass es in einer sprachwissenschaftlichen Lehrveranstaltung zu dem Vorfall gekommen ist? Und nicht etwa in der Literaturwissenschaft?

Zu den Geschehnissen, meine ich natürlich, korrigiert Rischer sich. Zu den Geschehnissen.

Ob Vorfall oder Geschehnisse – die Einschläge kommen näher, Frau Rischer.

Auf Rischers Händen bilden sich rote Flecken. Sie schaut auf das Telefon und schweigt. Wie kann Baldauf Vertreter*innen des AStA in den Institutsrat einladen, schimpft Rischer, das ist doch erst mal eine rein interne Angelegenheit, die intern verhandelt werden muss, das ist einfach eine Unverschämtheit, findet Rischer, mich in so eine Situation zu bringen!

Das sehen viele von uns anders. Ist es nicht genau richtig, in solch einem Fall möglichst transparent vorzugehen? Am besten auch unter Beteiligung der Betroffenen?

Rischer erschrickt, meint ihr wirklich, die Chinesen werden auch zum Institutsrat kommen? Die Studierenden aus der Volksrepublik China, meine ich?

Na hoffentlich, sagen viele von uns, denn nur die Betroffenen können entscheiden, ob es eine rassistische Beleidigung war, einige schauen auf die Uhr, wann fängt denn dieser Institutsrat eigentlich an?

Na, um vierzehn Uhr natürlich, Rischer erschrickt noch einmal, es ist ja fast Viertel vor zwei, seit wann liegt sie denn hier? Doch schon viel länger als zwanzig Minuten?

Man scheint Rischer vergessen zu haben.

Rischer sieht noch einmal auf die Uhr, tatsächlich, sie ist hier seit mehr als einer Stunde, es ist ganz offensichtlich, dass man sie vergessen hat – und vielleicht ist das ja gar nicht so schlecht? Vielleicht wäre es angenehmer, für immer in diesem Stuhl liegen zu bleiben, in dieser schwebenden Position, weder schwanger noch nicht schwanger, weder schuldig noch unschuldig, weder entschuldigt noch unentschuldigt, Rischer schaut auf ihre hochliegenden, kribbelnden Beine, sieht nach unten, der Stuhl ist ganz schön hoch, ihre Beine müssten heruntergelassen, der Stuhl heruntergefahren werden, um Rischer das Aufstehen zu ermöglichen – doch Rischer wird nicht nur durch die lähmende Position und die lähmenden Vorwürfe zurückgehalten. Nein, obwohl vollkommen klar ist, dass ein Fehler der Praxis vorliegt, hat Rischer Hemmungen, aus diesem Stuhl aufzustehen und dieses Zimmer zu verlassen, ohne dazu aufgefordert worden zu sein.

Es ist bemerkenswert, wie schnell man bereit ist, in institutionellen Situationen jedes selbstständige Handeln aufzugeben, überlegt Rischer und kann das selbstständige Handeln durch diese Überlegung noch ein paar Sekunden aufschieben. Doch dazu ist jetzt keine Zeit, Frau Rischer, der Institutsrat drängt, bestimmt sind die Leute vom AStA bereit, Rischers Namen zu nennen, und wenn Rischer nicht da ist, kann sie sich nicht verteidigen.

Darum geht es aber nicht, wenden viele von uns ein, es geht darum, dass Rischer endlich mal Verantwortung übernimmt –

Rischer rafft sich, aus welchem Grund auch immer, auf, wirft die Decke ab, reibt ein wenig Leben in ihre Beine, nimmt gegen den Widerstand der fehlenden Erlaubnis und des gestauten Blutes erst ein Bein von der erhöhten Plattform, dann noch eins, gleitet sofort mit dem Gesäß nach vorne, kann sich gerade noch halten, rutscht seitlich vom Stuhl und kommt hart unten auf.

Mein Steißbein, jammert Rischer, und der Boden ist kalt, arschkalt, im wahrsten Sinne des Wortes, Rischer lacht hysterisch, steht schneller auf, als ihre eingeschlafenen Beine erlauben, strauchelt, bekommt den Stuhl zu fassen, steht, schaut schon nach der Tür.

Vielleicht sollten Sie sich zunächst anziehen, Frau Rischer, empfehlen einige von uns.

Diese Idee kommt gut an, endlich mal ein konstruktiver Vorschlag, loben viele.

Auch Rischer greift den Vorschlag gerne auf, die Hose und die Unterhose liegen noch genau da, wo Rischer sie vor mehr als einer Stunde gefaltet deponiert hat, die Strümpfe auch, und die Schuhe stehen davor. Fast wundert sich Rischer, dass es noch die gleiche Kleidung ist und dass sie, wenn sie alles angezogen hat, haargenau so aussehen wird wie vorher.

Aber für Überlegungen dieser Art ist jetzt wirklich keine Zeit, Frau Rischer, Sie müssen sich beeilen, müssen in Hose und Strümpfe hinein, müssen ihren Notebookrucksack mitnehmen, müssen raus aus dieser Praxis und los zum Institutsrat.

Rischer nickt, sie muss das unbedingt alles richtigstellen.

Denn Rischer ist nun mal keine Rassistin.

Elif, 44

Nora hat die Daten für ihre Doktorarbeit gefälscht? Nein, davon wusste ich nichts. Ist mir ehrlich gesagt auch egal. Aber es überrascht mich doch etwas. In der Schule hat Nora immer alles sehr genau genommen. *Nora liebt es, wenn alles korrekt ist,* stand über sie in der Abizeitung. Keine Ahnung, wer das geschrieben hat, das war natürlich nicht besonders nett. Zumal sonst nichts über sie da stand, nur dieser eine Satz.

Und ja, alles etwas zu genau zu nehmen – das war tatsächlich eine vorherrschende Eigenschaft von Nora.

Deshalb hat sie wohl auch damals auf der Klassenfahrt Rajid seine große Stunde so verdorben. Als alle plötzlich auf seiner Seite waren, als alle sich sonstwie empört haben, weil das kleine Mädchen »der ist ja braun wie Kacke« gerufen hatte. Es stimmt, das war Heuchelei, Rajid wurde von fast allen in der Klasse täglich als *Schwabbelbacke* veralbert, und genau diese Leute haben sich dann furchtbar über das *Braun wie Kacke* aufgeregt. Vermutlich weil *Schwabbelbacke* sich in deren Augen nur auf sein Gewicht bezog, und das *Braun wie Kacke* klar rassistisch war, und Rassismus schwerer wog als andere Diskriminierungen.

Oder überhaupt manchmal als Diskriminierung erkannt wurde.

Wobei *Schwabbelbacke* natürlich auch rassistisch war. Der Name ist entstanden, als Herr Thiessen am ersten Tag des fünften Schuljahres die Klassenliste vorgelesen hat, um uns kennenzulernen, und an Rajids Nachnamen *Schwabbe-Bhattacharya* gescheitert ist. Zuerst wollte er es wohl noch versuchen, hat herumgestottert und sich dabei in der Klasse umgeschaut, zu wem denn dieser schwierige Name gehört, das ging so: »Rajid Schwabbe … Rajid Schwabbe-Ba … was?« Und dann hat er wohl Rajid entdeckt, den einzigen nicht weißen Jungen in der Klasse, und hat sich gesagt: Ah, der ist fett, da lässt sich was draus machen … »Rajid Schwabbel-Ba … Rajid Schwabbelbacke? Ah, Mister Schwabbelbacke!« Dieser Name war also Fat Shaming und Rassismus in einem, sehr effizient.

Nora hatte also vollkommen Recht mit ihrer Wahrnehmung, dass die ganze Klasse sich da im Harz was in die Tasche geheuchelt hat. Aber war es wirklich nötig, Rajid das unter die Nase zu reiben? War es nötig, sich beim Abendbrot in der Jugendherberge zu mir rüberzubeugen und laut zu flüstern: »Aber es sagen ja alle immer *Schwabbelbacke* zu Rajid!« Klar, das sollte wohl nur ich hören, aber blöderweise war es genau in dem Moment kurz komplett leise am Tisch. Alle haben es mitbekommen, Rajid auch.

Viele aus der Klasse dachten damals, Nora hätte das aus Neid gemacht. Weil sie selbst immer als *Frau Schwäbli* oder *die fette Frau Schwäbli* gehänselt wurde und vielleicht auch gerne mal so ungeteilte Unterstützung bekommen hätte wie Rajid an diesem Tag. Aber ich bin sicher, dass das nicht der Grund war. Nora neigte gar nicht zu Neid. Sie konnte einfach die Unlogik nicht stehen lassen, dass *Braun wie Kacke* ein Skandal sein soll und *Schwabbelbacke* nicht. Nora liebt es eben, wenn alles korrekt ist.

Balduin Baldauf, der sich schon auf den Institutsrat freut

An sich schätze er Frau Rischer sehr, stellt Balduin Baldauf gleich eingangs klar, sie sei wirklich ein Gewinn für das Institut. Und für ihre Doktorarbeit über das Berlinische könne er Frau Rischer nur bewundern, es sei selten, dass man Gesprächsdaten finde, die sich so eindeutig analysieren ließen, da habe die Frau Rischer ein wirklich gutes Händchen bewiesen. Er sei schon gespannt auf ihre Habilitationsschrift, die ja nun bald endlich fertig werden solle. Da könne man sich sicher auch wieder auf sehr interessante Daten freuen.

Auch persönlich komme er – so wörtlich – »supersupergut« mit Frau Rischer zurecht, und das, obwohl er Schwabe sei und Frau Rischer da ein »bissle allergisch« drauf reagiere, sie habe wohl viel schwäbische Verwandtschaft und sei da quasi erblich vorbelastet. Er nehme das aber gar nicht übel, er komme, wie gesagt, »supergut klar« mit der Kollegin Rischer. Auch wenn er mit Frau Rischer wegen der Benotung studentischer Leistungen manchmal nicht ganz einer Meinung sei. Frau Rischer nehme das alles ein wenig zu ernst, sei fast ein wenig engstirnig und überkorrekt, wenn man es so formulieren wolle.

An sich mache es ihm allerdings große Freude, sich mit Frau Rischer in Sachen Hochschuldidaktik auszutauschen, da seien sie in einem ständigen, hochinteressanten Diskussionsprozess. Zum Beispiel das Gespräch zum Thema Elefanten, ja, das sei wirklich ein gutes Beispiel. Das sei vorige Woche gewesen, da habe er sich auf dem Flur ein »bissle mit der Frau Rischer unterhalten«, über einen Studierenden des Master *PerDiDe*, den Frau Rischer ein wenig zu streng benotet hatte, und zufällig (oder vielleicht doch nicht ganz zufällig, räumt Baldauf ein, er habe Frau Rischer wohl ein wenig dahingelotst), also beinahe zufällig kam er mit Frau Rischer direkt vor einer gerahmten Karikatur zu stehen, die er da mal aufgehängt habe. Weil er das eine tolle Anregung finde, einen – so wörtlich – »Denkanstoß«. Das sei von ihm auch ein »bissle provokant« gemeint, das gebe er offen zu. Das Bild zeige einen Affen, zwei Vögel, einen Elefanten, einen Goldfisch in seinem Goldfischglas und einen Seehund. Die Tiere stünden aufgereiht neben einem Baum. Und davor sitze an einem Pult ein Mann, und es sei gleich deutlich: Der nehme hier irgendeine Prüfung ab, da liege so eine »richtig fiese Prüfungsstimmung in der Luft«, und die Tiere seien die Prüflinge. Der Mann an dem Pult sage nun zu den Tieren, und das sei »wirklich supergut«: *Zum Ziele einer gerechten Auslese lautet die Prüfungsaufgabe für Sie alle gleich: Klettern Sie auf den Baum!*

Zu einem Affen, zwei Vögeln, einem Elefanten, einem Goldfisch und einem Seehund sage der das. Die sollten alle auf den Baum klettern! Damit es gerecht sei! Dabei habe der Elefant ja ganz andere Stärken und Fähigkeiten, und erst der Goldfisch und der Seehund! Und die Vögel kämen da vielleicht hoch, aber doch nicht kletternd, die hätten einen ganz eigenen kreativen Lösungsweg für diese Aufgabe!

Das sei, so wörtlich, »einfach supersupergut.«

Balduin Baldauf räumt ein, dass es vielleicht ein »bissle kokett« gewesen sei, »ein bissle zu didaktisch«, dass er

Frau Rischer die Zeichnung gezeigt habe und gefragt: »Was sagt Ihnen dieses großartige Bildle?«

Aber Frau Rischers Antwort habe ihn schon ein »bissle betroffen« gemacht, er habe keine Ahnung, ob sie nur witzig habe sein wollen oder ob sie wirklich so denke, Frau Rischer habe nämlich gemurmelt: »Dieses großartige Bildle zeigt mir, dass Goldfische und Elefanten nicht für den Masterstudiengang *Klettern, Kraxeln und Besteigen* zugelassen werden sollten.«

Tja, was solle man dazu sagen?

Er sei sprachlos gewesen, gibt Balduin Baldauf ehrlich zu.

Und Frau Rischer habe dann wohl auch selbst gemerkt, was sie da eigentlich gesagt habe, jedenfalls habe sie angefangen zu lachen, habe herumgestammelt, habe erzählt, sie hätte als Kind eine *Benjamin Blümchen*-Lieblingskassette gehabt – das seien diese Kindergeschichten aus den 80er-Jahren, mit diesem sprechenden Elefanten, fügt Balduin Baldauf erklärend an, die hörten seine Kinder heute auch noch gerne, das sei ganz nettes, harmloses Zeug –, jedenfalls habe Frau Rischer erzählt, Benjamin Blümchen sei in dieser Geschichte auf einen Baum gestiegen, weil der Baum abgeholzt werden sollte. Benjamin Blümchen habe den Baum retten wollen, zusammen mit seinem Freund Otto, dem Tierpfleger. Und ihre Mutter, habe Frau Rischer gesagt, also Frau Rischers Mutter, habe ihr diese Kassette madig gemacht, mit der Begründung: Das sei komplett unrealistisch, Elefanten könnten nun mal nicht auf Bäume klettern.

Das erkläre vermutlich vieles in Bezug auf Frau Rischer, so Balduin Baldauf.

12.

Seht ihr, Rischer läuft durch die leere Praxis (wo sind die denn alle, Frau Rischer?), seht ihr, in einem Diskussionsgespräch bin ich durchaus in der Lage, zu widersprechen!

Auch an der Rezeption sitzt niemand, außer einigen plüschigen Störchen, Äpfeln, Blumen und Bienen.

Zum Ziele einer gerechten Auslese lautet die Prüfungsaufgabe für Sie alle gleich: Klettern Sie auf den Baum!

Da habe ich Baldauf widersprochen, Rischer sieht sich um, warum ist hier denn keiner, das ist der Beweis, ich kann durchaus widersprechen. Ich habe Baldauf die Meinung gegeigt.

Ganz toll, Frau Rischer, loben einige von uns in einem nicht ganz klar zwischen Ironie und Ernst zu verortenden Tonfall. Das haben Sie richtig gut gemacht.

Rischers Augenbrauen wandern aufeinander zu, ja, wie klug das von mir war, ist eine andere Frage, ausgerechnet Baldauf gegenüber, vielleicht hätte ich doch besser die Klappe gehalten … nicht, dass Baldauf jetzt vielleicht wegen meines dummen Spruchs einfach annimmt, ich sei diejenige mit dem rassistischen Vorfall.

Aber Sie sind es ja, Frau Rischer.

Das bringt Rischer zurück in die Realität, zurück zu den Störchen, Äpfeln, Blumen und Bienen, die nicht darüber hinwegtäuschen können, dass Rischer in der Praxis offenbar völlig allein ist.

»Hallo?«, ruft Rischer leise, »hallo?«, dann kann sie nicht mehr warten, muss eben gehen, ohne sich abzumelden, ist ja deren Problem, wenn sie Rischer vergessen haben, das Sperma ist jedenfalls drin, da läuft nichts mehr raus, und zur Not kann sie ja auch später noch mal hier anrufen und erklären, warum sie einfach so gegangen ist, Rischer nimmt sich ihren Mantel von der Garderobe und stürmt – ja, so muss man es ausdrücken: stürmt zum Ausgang.

Aber die Tür ist ja verschlossen?

Es ist Mittwochnachmittag, Frau Rischer.

Mittwochnachmittag? Rischer wirkt erschüttert, weiß nicht, was tun.

In Ihrer Hosentasche vibriert es, Frau Rischer.

»Nico?«

»Nora, was ist denn los, hier zu Hause klingelt ständig das Telefon. Es hat schon so ein Typ vom Berlin-Radio auf den AB gesprochen, und der Baldauf, und eine Studentin von dir, Zoe Müller oder so, und noch andere Journalistinnen, die wollen dich alle sprechen, ich weiß gar nicht, was hier los –«

»Baldauf? Oh scheiße, erklär ich dir alles später, ich bin in der Praxis eingeschlossen, die haben mich nach der Insemination vergessen, und jetzt ist hier zu, Mittwochnachmittag, und ich muss unbedingt zum Institutsrat, kannst du irgendwie Hilfe holen?«

Das könnte Rischer doch auch selbst machen, finden viele von uns, schließlich telefoniert sie ja gerade, und wenn sie mit Nico telefonieren kann, dann kann sie doch auch –

»Ja klar, ich rufe gleich da an«, Nico ist nicht so kleinlich, natürlich wird sie Rischer retten, »keine Sorge, du kommst ganz schnell da raus!«

Rischer legt auf, ist momentan vom Handlungsdruck entbunden, geht zurück ins Wartezimmer, lässt sich auf das weiße Ledersofa fallen, warum hat Baldauf angerufen, fragt Rischer sich, weil er weiß, dass es um mich geht – oder weil er meinen Rat will, oder aus einem ganz anderen Grund, Rischer greift sich die *Bunte*, nein, doch lieber die *Gala*, nein, doch lieber *Landlust*, blättert mechanisch – aber, Moment, Frau Rischer, da klingelt ja was? Das Telefon an der Rezeption?

Rischer wirft die Zeitschrift weg, springt auf, läuft zur Rezeption, zögert kurz, kann sie da jetzt wirklich einfach ans Telefon gehen? Ist das nicht etwas übergriffig? Aber wenn es die Rettung ist? Rischer überwindet sich, greift über die Theke –

»Ja, hallo?«

»Ja hallo, Nico Zorballa mein Name, meine Frau ist bei Ihnen in Behandlung und wurde …«

»Nico?«

»Nora, bist du das?«

»Ja, natürlich bin ich das, hier in der Praxis ist doch sonst keiner!«

Nico sagt erstmal nichts.

»Mensch, Nico«, Rischer spürt, wie leicht es jetzt wäre, alles an Nico auszulassen, den Frust über die Mail des AStA, die fehlenden Sprachkenntnisse der chinesischen Studierenden, den patriarchalischen Papa Schlumpf, die Bedrohung durch Baldauf, das Gefangensein in der Praxis und den heranrückenden Institutsrat, »Mensch, Nico, das ist doch echt …«

»… blöd von mir«, ergänzt Nico.

»Quatsch, gar nicht«, sagt Rischer, »hätte mir auch passieren können. Ist ja naheliegend, erstmal in der Praxis anzurufen. Würdest du vielleicht versuchen, die Nummer von einem Hausmeister herauszufinden? Oder einem

Gebäude-Service, das sieht hier mehr nach Service aus als nach Hausmeister.«

»Na klar«, sagt Nico, »mach ich, und du schau inzwischen mal nach, ob es auf dem Telefon in der Praxis vielleicht eine Direktdurchwahl zum Hausmeister gibt, vielleicht einen roten Knopf oder sowas?«

»Okay«, Rischer legt auf und betrachtet die Tasten auf dem Telefon, ja, da leuchtet tatsächlich einer transparent-rot, aber es steht nichts daneben, weder *Hausmeister* noch *Service*, was, wenn das ein echter Notfallknopf ist, vielleicht nicht zum Starten von Atomraketen, aber doch zum Alarmieren der Polizei? Eine Amoktaste, ein Panikknopf? Was, wenn Rischer ihn drückt, daraufhin ein Einsatzkommando die Praxis stürmt und dann enttäuscht ist, nur Rischer hier vorzufinden? Könnte das Ärger geben?

Vielleicht, beschließt Rischer, wartet sie doch besser erst mal, ob Nico was erreicht. Rischer setzt einen Schritt von der Theke zurück, behält die rote Taste aber im Blick. Oder sollte sie doch draufdrücken? Nein, Rischer macht lieber noch einen weiteren Schritt nach hinten und schaut die Rezeption an, als würde sich dort gleich eine rettende Arzthelferin materialisieren.

Medizinische Fachangestellte!, rufen einige medizinische Fachangestellten unter uns rein –

Also: Als würde sich dort gleich eine medizinische Fachangestellte materialisieren.

Aber da materialisiert sich niemand, Frau Rischer.

Rischer starrt trotzdem weiter auf die Rezeptionstheke –

Dance like nobody's watching!

steht auf einer der bunten Postkarten, die dort an einer Schnur an der Wand hängen,

Be the kind of person you would like to meet!
auf der blauen Postkarte daneben,
Always be yourself! Unless you can be a unicorn. Then always be a unicorn.
Now!
Normal sein ist die Abwesenheit von Mut.
Wir können schwanger.

Rischer fühlt ihre Unterlippe hängen, stimmt, ihre Unterlippe war taub, als sie zum ersten Mal diese aufgereihten Gratispostkartenweisheiten gelesen hat, denn sie kam vom Zahnarzt, hatte nach dem Zahnarztbesuch das Schild der Kinderwunschpraxis entdeckt und war spontan hineingegangen. Nico und Rischer wünschten sich seit Jahren Kinder, waren sich auch einig, dass es Rischer war, die das Kinderkriegen übernehmen sollte, während Nico nach der Elternzeit die Hauptsorge tragen wollte, denn als bildende Künstlerin war es ihr nicht möglich, die Familie zu ernähren.

Und Rischer wäre ohnehin nicht bereit gewesen, ihre Unikarriere aufzugeben, ergänzen einige von uns.

Das stimmt. Theoretisch war also schon lange alles klar. Aber praktisch ist es nun einmal so, dass Nico Rischer nicht schwängern kann, egal wie viele Dildos Nico sich umschnallt, egal, wie kunstvoll die Blowjobs sind, die Rischer an diesen umgeschnallten Dildos vollführt, egal, wie fest Nico sie anschließend damit penetriert und wie laut Rischer beim Orgasmus schreit.

> **Die Nachbarstochter**
> Na klar, weil Anton ja ganz genau weiß, wie lesbischer Sex geht.

Rischer schlägt die Hände vor das Gesicht, das ist ihr anscheinend etwas peinlich. Aber ist es nur die Indiskretion, die Rischer quält? Nein, da ist mehr, ein ungutes Gefühl, eine unangenehme grundlegende Erkenntnis über sich selbst: Dass Rischers Vorliebe für Dildos – Rischer und Nico besitzen eine ganze Sammlung, bunte und naturgetreuere, alle vegan – auf eine allgemeine Charaktereigenschaft hinweisen könnte. Rischer bevorzugt alles in einer abgeschwächten, nicht ganz authentischen Form: Milch aus Hafer, Fleisch aus Süßlupine und Erbsenprotein, Quinoa statt Weizen, Kuchen mit Ei-Ersatz und Erythrit ... eine Form, in der nicht ganz so viel Lebendigkeit steckt wie im Original und bei deren Konsum Rischer weniger mit echtem, schmutzigem, risikobehaftetem, folgenschwerem Leben konfrontiert wird.

Aber wer entscheidet denn überhaupt, ob diese Inhaltsstoffe weniger »echt« sind als die sogenannten Originale, Frau Rischer? Das ist doch alles nur eine Frage der Gewohnheit. Vielleicht gelten in ein paar Jahren Bouletten aus Süßlupinen und Bratwürste aus Erbsenprotein als die Originale und die Versionen aus Fleisch als der Ersatz. Milch aus Hafer wird die eigentliche Milch sein, und die – bereits heute so bezeichnete – *Kuh*milch die Sonderform. Und der vegane Dildo ist dann der hygienische, stets einsatzbereite und passgenaue Goldstandard.

Rischer lacht, genau, Original oder Fälschung, ist ja alles nur sozial konstruiert! Das gefällt Rischer, denn sie hat es seit langem satt, ihre Vorliebe für Ersatzversionen rechtfertigen zu müssen, gegen Leute, die süffisant feststellen, Rischer sei ja offenbar eben doch ganz wild auf Fleisch. So als wäre sie mit ihrer veganen Ernährung und ihrer Homosexualität böswillig aus einem allgemeinen

Konsens ausgeschert, als machte sie das für den Distinktionsgewinn und würde jetzt mit veganer Bratwurst und veganem Dildo im Mund dabei erwischt, doch Lust auf das zu haben, worauf die Mehrheit Lust hat.

Natürlich hat niemals jemand meine Vorliebe für Dildos kommentiert, räumt Rischer ein.

Und das ist wahr. Der Eindruck Rischers, dass sie für ihren Dildo-Konsum kritisiert wird, entspringt vielmehr daraus, dass Rischer die Bemerkungen, die sie für ihren Konsum von Erbsenbratwürsten einstecken muss, in Rischer-typischer Weise bis zum Dildo weiterdenkt.

> **Der Ehemann des Autors**
> Da hat Anton sich und seine neurotische Art perfekt portraitiert.

Rischer lacht, ja, das stimmt, und in dieser gelösten Stimmung, Frau Rischer, wäre es Ihnen vielleicht möglich, die rote Taste auf dem Telefon zu drücken.

Doch Rischers Blick gleitet vom Telefon ab, nach oben.

Dance like nobody's watching!

Be the kind of person you would like to meet!

Always be yourself! Unless you can be a unicorn. Then always be a unicorn.

Now!

Normal sein ist die Abwesenheit von Mut.

Wir können schwanger.

Als sie das erste Mal hier war, mit ihrer hängenden Lippe, kam Rischer zunächst gar nicht dazu, die Postkarten zu lesen. Denn kaum hatte sie die Praxis betreten, wurde sie schon überschwänglich begrüßt: »Herzlich willkommen! Was kann ich *Ihnen* Gutes tun?«

Ja, die Betonung lag auf dem *Ihnen*, erinnert Rischer sich, und sollte wohl suggerieren, dass die Frau hinter der Theke den ganzen Tag Leuten Gutes tat und jetzt ich an der Reihe war, dieses Gute zu empfangen. Und kaum stand Rischer an der Theke, kramte die medizinische Fachangestellte schon einige Formulare heraus und klemmte sie auf ein rosafarbenes Plastikbrett. »Ihr Partner ist nicht mitgekommen?«, fragte sie, »hier muss nämlich auch einiges vom Partner ausgefüllt werden.«

Dance like nobody's watching!, las Rischer über den Kopf der Frau hinweg.

»Nein«, sagte Rischer. »Ist nicht mitgekommen.«

»Ach so. Ist Ihr Partner beruflich sehr eingespannt?«

Be the kind of person you would like to meet!

»Ja.«

»Kein Problem, wir bieten donnerstags auch eine Abendsprechstunde an.«

Always be yourself!

»Ja, super. Das klingt gut.«

Unless you can be a unicorn. Then always be a unicorn.

»Ihr Partner muss sein Sperma untersuchen lassen, es kann genauso gut an ihm liegen.«

Now. Der Schutz des generischen Maskulinums *Partner* reichte nicht weiter.

»Ich bin nicht mit einem Mann zusammen.«

»Ach, dann geht es um Spendersamen?«

Normal sein ist die Abwesenheit von Mut.

Rischer sah sich um, im offenen Wartebereich saßen sechs Personen, die alle in Zeitschriften blickten.

»Sind Sie …«, sagte die Arzthelferin, die medizinische Fachangestellte, Rischer wandte sich wieder zu ihr um, *Normal sein ist die Abwesenheit von Mut*, »sind Sie …«, begann die medizinische Fachangestellte noch einmal, *Normal sein ist die Abwesenheit von Mut*, »Sind Sie …«

Now!

»Ja, ja, ja!«, rief Rischer, »obwohl ich nicht weiß, welche Rolle das hier spielt!«

»… Selbstzahler?«

»Was? Ach so. Ja.«

»Dann können Sie gleich dableiben.«

Der Proktologe des Autors

Ich sag mal: Wenn man durch die Welt geht und sich ständig fragt: Werde ich gerade diskriminiert? Dann fühlt man sich natürlich auch ständig diskriminiert. Das ist, auf Deutsch gesagt, eine Self-fulfilling prophecy. Vielleicht sollten wir uns einfach darauf einigen, dass es eben Arschlöcher gibt auf der Welt. Und jeder kriegt mal was von denen ab. Ich zum Beispiel trage eine Brille und bin doch tatsächlich schon mehrere Male als »Vierauge« tituliert worden! Vor Kurzem noch: Ein Radfahrer schneidet mich, ich kann eben noch bremsen, ich habe dem Kollegen auf Deutsch gesagt das Leben gerettet, und er brüllt mich an: »Bist du blind, Vierauge?«

Und, fühle ich mich jetzt deswegen diskriminiert? Brauche ich deswegen eine Brillenträger-Flagge vor dem Rathaus? Oder eine Brillenträgerparade? Nee, brauche ich nicht. Weil das eben einfach ein Arschloch war, und fertig.

Berliner Bote -> Home -> Wissenschaft -> Ist Germanistik noch zeitgemäß?

**Ist Germanistik noch zeitgemäß?
Was wir aus dem rassistischen Vorfall an der Uni Berlin lernen können**

Ein Gastkommentar von Balduin Baldauf
10. Januar, 13:53

Am Institut für Germanistik der Universität Berlin, an dem ich lehre und dessen geschäftsführender Direktor ich aktuell bin, kam es zu einem rassistischen Vorfall. Noch sind die Umstände nicht geklärt.

Und doch ist klar: Ein solcher Vorfall ist nicht hinnehmbar. Wir müssen uns fragen, welche strukturellen Gegebenheiten ein solches Vorkommnis ermöglicht haben.

Die Antwort ist einfach: Es ist die Germanistik – ein veraltetes Fach, das von einer überholten Idee ausgeht. Der Idee, Einzelsprachen und Nationalliteraturen könnten isoliert betrachtet werden. Damit verbunden ist oftmals der Anspruch, diese Betrachtung nur denen zu gestatten, die das Deutsche auf muttersprachlichem Niveau beherrschen.

*Diese Einstellung ist leider – das muss ich als geschäftsführender Direktor offen zugestehen – an unserem Institut weit verbreitet. Kolleg*innen interessieren sich mehr für die Rechtschreibfehler im Handout als für den Inhalt eines Referats.*

Was uns durch diese Engstirnigkeit entgeht, ist fruchtbarer Austausch mit anderen Sprachen und Kulturen, der ein Verständnis der »eigenen« Kultur erst möglich macht.

Kann die Germanistik sich so reformieren, dass ein solcher fruchtbarer Austausch in größerem Maße möglich wird?

Ich wünsche es mir von Herzen, doch ich weiß nicht, ob es gelingen kann.

Vielleicht ist ein anderer Weg gangbarer: Den verrosteten, viel zu schweren Dampfer »Master Germanistik« einzustampfen und ihn durch kleinere wendigere Boote zu ersetzen – so wie wir es schon heute an der Uni Berlin mit unserem Master »Performanz, Diversität, (De-) Konstruktion« erfolgreich vorführen.

Betreff: Rassistischer Vorfall an der Uni Berlin – Interviewanfrage Berlin-Radio
Heute um 13:57
Peter.Walter@berlin-radio.de
An: Rischer@uni-berlin.de

Liebe Frau Rischer,

haben Sie meine Mail erhalten?

Ich brauche zeitnah Rückmeldung, ob Sie zu einem Interview bereit sind, da ich auch andere Lehrende des Instituts für Germanistik angefragt habe.

Mit herzlichen Grüßen
Dr. Peter Walter
Berlin-Radio
Redaktion Bildung & Uni

13.

Always be yourself.

Für die Rechtschreibfehler im Handout.

Weil ich auch andere Lehrende des Instituts für Germanistik angefragt habe.

Unless you can be unicorn.

Zum Ziele einer gerechten Auslese lautet die Prüfungsaufgabe für Sie alle gleich: Klettern Sie auf den Baum!

Wenn ich mich nicht sofort bei dem Redakteur zurückmelde, wird er Baldauf anfragen, kombiniert Rischer, und Baldauf wird es einzurichten wissen, im Interview den Verdacht auf mich zu lenken, ganz ohne meinen Namen zu nennen natürlich, zum Beispiel, indem er von unserer Diskussion über die Vögel, Elefanten, Goldfische und Affen berichtet, und meine Bemerkung über den Master *Klettern, Kraxeln und Besteigen*, den die Elefanten und Goldfische nicht belegen sollten. Baldauf könnte behaupten, Rischer habe die Chinesen in dem Gespräch auf dem Flur mit Elefanten verglichen, die einfach nicht auf Bäume klettern können, egal wie viel sie üben, überhaupt klingt das Ganze mit den Elefanten und den Goldfischen gefährlich biologistisch, natürlich war es Baldauf selber, der die Karikatur ins Spiel gebracht hat, und es ging dabei auch gar nicht um die Chinesen, sondern um das fehlende Abstraktionsvermögen eines anderen Studierenden des Masters PerDiDe, eines Deutsch-Muttersprachlers, der unzufrieden war mit einer 2,7, die Rischer ihm gegeben hatte. Er fand das Verhältnis zu der 3,7 der Studierenden aus China schief.

Aber das kann Baldauf problemlos leugnen, und wie es wirklich war, ist ab einem gewissen Punkt doch eh egal, und –

Das Hashtag-Mobile über Rischer setzt sich wieder in Bewegung – #IchBinEinElefant #KeinArtenschutzFürRischer #GoldfischeAnDieMacht #JederKannKlettern #RischerKommtJaSelbstNichtAufDenBaum –

Rischer lehnt sich über die Theke, fegt dabei den Storch und den Apfel beiseite, greift sich den Telefonhörer und drückt den roten Knopf.

14.

Viele von uns finden es schade, dass Rischer sich zu diesem Schritt nur deshalb durchgerungen hat, weil sie ihre Privilegien gefährdet sieht. Und nicht, weil sie die Dringlichkeit des Vorwurfs erkannt hätte.

Rischer sind solche Feinheiten gerade egal. Es tutet in der Leitung.

Rischer schüttelt den Kopf, wie ist das möglich, dass man auf einen roten Knopf drückt – und es ganz banal tutet?

Es tutet immer noch.

Das ist ja ein toller roter Knopf, findet Rischer, halb verärgert, halb erleichtert, Rischer will auflegen –

»Ja, wat denn?«

»Ja, äh, Rischer mein Name, Nora Rischer, ich befinde mich in einer Praxis, in einer … gynäkologischen Praxis, am Edelhofdamm in Frohnau, und ich bin hier eingeschlossen.«

»Einjeschlossen? Dit kann eigentlich nich sein.«

»Ja, es ist aber leider so.«

»Wie war no gleich der Name?«

»Nora Rischer. Dr. Nora Rischer.«

»Ach, denn sind Sie die Ärztin da in diese Praxis? Is dit die Praxis Rischa? Eine Praxis dieset Namens betreuen wa jar nich, tut ma leid, da müssenSe die falsche Numma jewählt haben. Auf Wieda–«

»Nein, ich bin hier Patientin, und ich wurde eingeschlossen.«

»Einjeschlossen? Dit kann eigentlich nich sein.«

»Doch, ich wurde nach der Inse... nach der Behandlung im Behandlungszimmer vergessen, und jetzt ist hier niemand mehr.«

»Na klar, is ja Mittwochmachmittag, wa? Da hättenSe sich wohl besser mal früher bemerkbar machen sollen.«

»Ja, vielleicht, aber –«

»Nee, nich vielleischt, uff jeden Fall hättenSe dit tun sollen!«

»Jedenfalls müsste ich hier jetzt irgendwie befreit werden.«

»Na, wissense, müsste, müsste – wir müssen erstma jarnüscht. Es lag ja in Ihre Verantwortung, sich bemerkbar zu machen, wa?«

»Ich bin hier eingesperrt! Und ich habe heute noch andere dringende Termine!«

»Na jut, denn nennSe ma die Adresse. Frohnau? Na ja, ne halbe Stunde wird dit mindestens dauern, bis da einer von uns da is. RechnenSe ma mehr mit ner juten Stunde.«

»Eine Stunde? Wenn man auf einen roten Knopf drückt, kommt jemand in einer Stunde?«

»Na, dit kommt eben druff an, wer uff den roten Knopf drückten tut, wa? Mit welchen Anliegen.«

»Und wenn ich den Notausgang nehme?«

»Davon rate ick ab.«

Heute um 14:03
Maja.Kramer@berliner-bote.de
An: Rischer@uni-berlin.de
Betreff: Rassistischer Vorfall – strukturelle Dimension?

Liebe Frau Rischer,

sicher haben Sie den Vorwurf des AStA gegen eine Lehrperson Ihres Instituts wahrgenommen. Nun scheint sich abzuzeichnen, dass es sich hier nicht nur um ein individuelles Fehlverhalten, sondern um ein strukturelles Problem handelt. Nach einem entsprechenden Gastkommentar Ihres Kollegen Balduin Baldauf in unserer Online-Ausgabe (»Ist Germanistik noch zeitgemäß?«) berichteten Studierende, dass die Leistungen von Seminarteilnehmenden aus asiatischen Ländern an Ihrem Institut grundsätzlich anders benotet würden – dass es quasi ein separates Notensystem für sie gäbe. Zudem würde nach Referaten von internationalen Studierenden aus asiatischen Ländern durch die Dozierenden ein Feedback aus dem Plenum unterdrückt. Wir können diese Einlassungen noch nicht so ganz einordnen und haben deshalb zunächst die Kommentar-Funktion unter Professor Baldaufs Beitrag deaktiviert. Wären Sie bereit, zeitnah mit uns über diese Problematik zu sprechen und ein wenig Licht ins Dunkel zu bringen?

Mit herzlichen Grüßen
Maja Kramer
Berliner Bote

15.

Rischer sitzt fest, oder: setzt sich fest, ganz klar ist das nicht zu unterscheiden.

Na, ihr habt den Hausmeister doch gehört, Rischer lässt sich zitternd auf das weiße Sofa fallen, die kommen erst in einer halben Stunde oder Stunde.

Rischer hat also genug Zeit, es sich mit den Blumen, Bienen, Äpfeln und Störchen in ihrer Verzweiflung gemütlich zu machen.

Ein separates Notensystem.

Davon rate ick ab.

Da ich auch andere Lehrende des Instituts für Germanistik angefragt habe.

Davon rate ick ab.

Always be yourself.

Davon rate ick ab.

Zum Ziele einer gerechten Auslese lautet die Prüfungsaufgabe für Sie alle gleich: Klettern Sie auf den Baum!

Normal sein ist die Abwesenheit von Mut.

Rischer springt auf, läuft hinter die Rezeptionstheke, reißt die Postkarten herunter und knüllt sie zusammen. Diese idiotischen Postkartenweisheiten, ruft Rischer, die sind doch alle Müll, und diese hier besonders, die muss von jemandem verfasst worden sein, der selbst vollkommen normal ist, sonst wäre ihm klar, dass nicht normal zu sein meistens kein heroischer Akt ist, sondern mühevolle Kleinarbeit, *Kleinmut* – schade, dass das Wort schon vergeben ist, Rischer knüllt die Postkarten immer kleiner zusammen, *Kleinmut* könnte für Mut im Kleinen stehen, oder vielleicht *Mikromut*, ja, Mikromut, das ist der Mut, mit dem man sich gegen Mikroaggressionen wehrt – andererseits: braucht es dafür nicht sogar mehr Mut, als gegen offensichtliche Angriffe aufzustehen, darüber müsste ich mit Rajid reden, denkt Rischer, seltsam, wir haben uns nie darüber verständigt, dass wir beide gehänselt wurden, klar, das wäre zu peinlich gewesen, das hätte bedeutet, einzugestehen, dass es wehtut, und Elif – nicht an Elif denken! – Rischer wirft die Postkarten in den Papierkorb, und plötzlich erscheint es ihr unpassend, sich hier hinter der Theke aufzuhalten –

Das Telefon klingelt, Frau Rischer.

Rischer hebt den Hörer ab, nein, nicht das Praxistelefon, Frau Rischer. Ihr Handy.

Wer ruft Rischer an? Baldauf? Zoe Müller? Nico? Die Chinesen?

»Frau Rischer?«

»Ja?«

»Walter hier, vom Berlin-Radio, haben Sie meine Anfrage erhalten?«

»Ja, aber ich bin gerade beim Arzt. Im Wartezimmer.«

»Kein Problem, ich brauche keinen O-Ton, sondern nur ein kurzes Zitat. Als Sie auf meine Mail nicht reagiert haben, musste ich mich um einen anderen Gesprächspartner bemühen und habe jetzt gerade live mit Professor Öztürk gesprochen, dem Gastprofessor aus Istanbul bei Ihnen am Institut, ich dachte, das wäre ganz passend zum Thema Rassismus, aber Herr Öztürk sagte mir nun eben in unserem Livegespräch, dass es sich aus seiner Sicht vermutlich gar nicht um einen rassistischen Vorfall handele, dass es auch keine systematische Diskriminierung internationaler Studierender gebe, sondern vielmehr ein grundsätzliches Problem mit deren Sprachkenntnissen. Und dann ergänzte er noch, ich lese das mal wörtlich vor: *Außerdem mangelt es ihnen an deutschen Tugenden, und den deutschen Studierenden ebenfalls.* Das war, wie gesagt, live, und ich würde das jetzt gerne noch in dieser Sendung etwas kontextualisieren, etwas einordnen – gehe ich richtig in der Annahme, dass die meisten internationalen Studierenden sehr gut Deutsch sprechen?«

»Ja, die alleralleralleraller–«

»Die allermeisten, also? Gut. Und Sie, Frau Rischer, möchten vermutlich nicht vorschnell ausschließen, dass es sich um einen rassistischen Vorfall handeln könnte? Dass es ein Rassismusproblem an Ihrem Institut gibt?«

»Na ja, grundsätzlich ist das nicht auszuschließen …«

»Grundsätzlich nicht auszuschließen? Kann ich das so zitieren? Die Nachrichten sind gleich um, dann bin ich direkt wieder on air. Also zitiere ich das so, ja? Danke, Frau Rischer, bis bald!«

16.

Jetzt sitzt Rischer so richtig in der Scheiße, sind wir uns alle einig.

Doch Rischer sitzt gar nicht, sie läuft ... wohin?

Zum Notausgang! Viele von uns können es nicht fassen.

Vor der grün verplombten Tür zögert Rischer.

Nur im Notfall öffnen.

Davon rate ick ab.

Rischer drückt die Klinke herunter, mit aller Kraft, die Tür geht auf, ein Alarm ertönt.

Rischer ist schon im Treppenhaus. Ihr steht plötzlich alles glasklar vor Augen, da ist kein Quittengelee und kein *These Boots Are Made For Walkin'*-Zustand, da sind einfach nur zwei Möglichkeiten: Entweder, Rischer gelingt es, den Vorwurf von sich abzulenken. Dann ist ihr Statement im Berlin-Radio ein guter Beitrag zur Bekämpfung von Rassismus. Oder aber, wenn das nicht gelingt, muss es so aussehen, als habe Rischer von vorneherein alles zugeben wollen, und als habe der Redakteur sie nur verkürzt wiedergegeben – und damit es so aussieht, muss Rischer in ihrer Entschuldigung auf das Radiointerview verweisen. *Wie ich gegenüber dem Berlin-Radio bereits festgestellt habe* – so in der Art.

Natürlich wäre die erste Möglichkeit angenehmer für Rischer.

Aber in jedem Fall ist klar: Rischer muss in den Institutsrat. Jetzt.

Nico
Finde ich gut, dass Nora mal sowas tut. Mal radikal handelt. Ich hoffe nur, dass sie trotzdem noch Zeit findet, für mich ein Foto von der verrosteten Mikrowelle zu machen, die da auf dem Bürgersteig steht. So eine habe ich noch nicht.

17.

Rischer bleibt stehen, holt ihr Telefon aus der Tasche und fotografiert die Mikrowelle. Auch das *Zu verschenken*-Schild muss gut auf dem Bild zu sehen sein, sonst nutzt Nico das Foto nichts. Vielleicht noch mal mit Blitz?

»Gibt die Tante hier den Blockwart, oder was?«

»Ja klar, die ist vom Ordnungsamt!«

»Oder die ist einfach so Hobbydenunziantin. Gleich schickt sie das Foto an die Polizei: Kommen Sie schnell, Herr Wachtmeister, hier lungert eine Mikrowelle auf der Straße herum!«

»Das ist Berlin, Mensch, dann geh doch zurück nach Donaueschingen!«

»Ich mache hier Fotos für ein Kunstprojekt meiner Frau. Das trojanische Paket.«

»Ach so, Tschuldigung! Wir dachten, du wärst so'n Ordnungsnazi. Dann viel Erfolg mit dem Kunstprojekt! Ist ja'n super Titel.«

»Ja, danke.«

Franzi P., ehemalige Studierende der Uni Hannover
Die Vorwürfe gegen Frau Rischer erinnern Franzi P. an eine Situation, die sie vor ungefähr zehn Jahren in einem Seminar von Frau Rischer miterlebt hat. Frau Rischer habe damals eben erst angefangen zu unterrichten und habe recht schüchtern und unsicher gewirkt. Das entschuldige aber nicht, was in einer Sitzung des Seminars passiert sei, so Franzi P. In dieser Sitzung nämlich habe

ein Studierender ein Referat zum sogenannten »Türkendeutsch« gehalten, einer Varietät des Deutschen, die von Jugendlichen mit türkischem Migrationshintergrund gesprochen werde. (Die Bezeichnung sei später zurecht in »Kiezdeutsch« geändert worden, so Franzi P.). Der biodeutsche Studierende habe nun die Türkendeutsch-Beispielsätze in einer übertriebenen, stark karikierenden Art und Weise vorgetragen, wie ein Comedian, ungefähr so: »Isch geh Schule!«, (Franzi P. errötet bei diesen Worten), und im Plenum, so Franzi P., sei ausgiebig gelacht worden. Frau Rischer selbst habe nicht gelacht, habe betroffen gewirkt, habe die problematische Vorstellung aber nicht beendet. Franzi P. konnte beobachten, wie Frau Rischer während des diskriminierenden Vortrags ihren Blick wiederholt über die Reihen der Studierenden wandern ließ – auf der Suche nach einem Gesicht mit türkischem Migrationshintergrund, da ist sich Franzi P. sicher. Schließlich habe Frau Rischer erleichtert gewirkt, wohl weil sie glaubte, alle im Seminar Anwesenden seien biodeutsch.

Das waren sie wohl auch, so Franzi P.

Heute um 14:18
Zoe.Mueller@uni-berlin.de
An: Rischer@uni-berlin.de
Betreff: Meine Referatsnote

Liebe Frau Rischer,
ich hoffe, es geht Ihnen gut. Es tut mir leid, dass der AStA wegen der Situation in unserem Seminar gegen Sie vorgeht. Ich fand es gut, dass die fehlenden Sprachkenntnisse von manchen internationalen Studierenden

endlich mal angesprochen wurden. Ich habe das nicht als rassistisch empfunden und kann das auch gerne öffentlich aussagen, falls Sie eine Zeugin benötigen.

Im Zusammenhang mit dem Referat der Studierenden aus China habe ich aber auch noch ein weiteres Anliegen. Ich habe gehört, dass Sie die Note eines anderen Seminarteilnehmers von 2,7 auf 2,3 verbessert haben, weil er fand, dass das Verhältnis zu der 3,7, die Sie den Studierenden aus China gegeben haben, nicht stimme. Jetzt stimmt aber meines Erachtens das Verhältnis der Note dieses Kommilitonen zu meiner Note nicht mehr, denn ich habe für mein Referat ebenfalls eine 2,3 bekommen, habe von Ihnen aber ein viel besseres Feedback erhalten als er. Ich bitte Sie daher, meine Note auf 2,0 oder 1,7 hochzukorrigieren.

Mit lieben Grüßen
Zoe Müller

18.

Nicht nur, dass es stickig ist, überheizt und voll, nicht nur, dass Rischer in ihrem Daunenmantel schwitzt, nicht nur, dass auf den drei anderen Plätzen in Rischers Vierer-Abteil prall gefüllte schmutzige Einkaufstaschen mit unklarem Inhalt stehen und Rischer deshalb ihren Rucksack auf dem Schoß halten muss – Rischer spürt außerdem die missbilligenden Blicke der Leute auf sich. Es ist, als wüssten alle in diesem S-Bahn-Waggon von dem Vorfall in Rischers Seminar – den Geschehnissen, korrigiert Rischer sich. Die anderen Fahrgäste starren Rischer tadelnd an, zwei oder drei schütteln sogar die Köpfe, ein Mann im Abteil schräg gegenüber macht Mundbewegungen, die nach *ts, ts, ts, ts, ts* aussehen. Langsam wird Rischer wütend, es ist wirklich dreist, wie die alle schauen!

Die Leute wissen doch sicher gar nichts von dem Vorfall, versuchen einige von uns, Rischer zu beruhigen, die ärgern sich bloß über die Tüten in Ihrem Abteil, Frau Rischer. Weil die Tüten Plätze einnehmen, auf denen sonst jemand sitzen könnte.

Verratet ihr das doch nicht!, fordern andere, es kann nicht schaden, wenn Rischer sich ein wenig ausgestoßen fühlt, das wird ihre Bereitschaft, den Vorfall endlich ehrlich zu betrachten und Verantwortung für ihr Verhalten zu übernehmen, nur erhöhen.

Aber es ist zu spät. Rischer ist erleichtert, natürlich, das ist es, die Leute denken, das wären meine Tüten, Rischers Erleichterung verfliegt, denn wie soll sie jetzt signalisieren, dass ihr die Tüten nicht gehören? Auf Blicke kann man schlecht antworten, deshalb wählen die Leute ja den Blick, statt den Vorwurf offen auszusprechen, analysiert Rischer, und beschließt, ebenfalls einen Blick sprechen zu lassen. Sie fokussiert die Tüten (die Art von Plastiktüten, die Supermärkte heutzutage gar nicht mehr ausgeben, groß, mit stabilen Henkeln), und schaut sich demonstrativ suchend im Waggon um, schüttelt naserümpfend den Kopf, lässt wieder den Blick zu den Tüten und dann durch den Wagen wandern – bis er an einem Mann hängen bleibt, der Rischer unangenehm an Balduin Baldauf erinnert.

Aber es ist nicht Baldauf, oder? Rischer sieht auf die Uhr, nein, der Institutsrat hat schon begonnen, es kann also unmöglich Balduin Baldauf sein. Rischer schaut noch einmal auf die Uhr, sie wird höchstens die letzte halbe Stunde mitbekommen, aber Baldauf hat die Sache ja unter Sonstiges eingeordnet, und Sonstiges kommt zum Schluss, beruhigt Rischer sich. Wie wird die Besprechung ablaufen? Rischer rätselt, Baldauf will eine Entschuldigung, so viel ist klar, aber erst mal muss er herausfinden, dass ich es bin. Und wenn er es wirklich herausfindet, oder ich es einfach zugeben muss? Dann wird bestimmt die alte Geschichte mit dem Türkendeutsch herausgekramt – Isch geh Schule!, hört Rischer den biodeutschen Studierenden durch die S-Bahn rufen, der auch noch besonders blond war, erinnert Rischer sich, so ein hellblonder mit blonden Wimpern, es war schlimm, ganz schlimm, aber Rischer konnte sich nicht überwinden, das Schlimme auszusprechen, die Karikatur als Karikatur zu benennen, weil es dann real geworden wäre, murmelt Rischer, weil ich mir so einreden konnte, dass der Vortrag vielleicht nur mir diskriminierend erschien, und weil ich den Referierenden nicht unterbrechen wollte, nicht ermahnen wollte, ihn nicht bloßstellen wollte, den Konflikt umschiffen wollte – ja, es stimmt, Rischer widerspricht nicht gerne, und ja, es stimmt, sie hat zu den Studierenden aus China gesagt: Für Sie ist die deutsche Aussprache eine besondere Herausforderung, und ja – und nein!, ruft Rischer, nein, ich weiß immer noch nicht, ob ich mich entschuldigen soll, oder – oder gibt es vielleicht eine dritte Variante?, fragt Rischer und blickt noch einmal missbilligend auf die Tüten, eine Möglichkeit zwischen Entschuldigen und Leugnen?

Aber was soll das denn für eine Möglichkeit sein, Frau Rischer?

Neue Nachricht
Rischer@uni-berlin.de
An: Referat_gegen_Rassismus@uni-berlin.de
Betreff: Re: Rassistischer Vorfall an unserer Uni

Liebe Mitglieder der Universität,

als ich heute Vormittag die E-Mail des Referats gegen Rassismus erhielt und den Betreff »Rassistischer Vorfall« las, konnte ich mir nicht im Traum vorstellen, dass ich gemeint sein könnte. Doch beim Lesen wurde mir schnell klar: Es geht um eine Situation, die letzte Woche in meinem Seminar vorgefallen ist. Nach einem Referat internationaler Studierender wurde beim Feedback aus dem Plenum geäußert, man habe die Referierenden sprachlich nur schwer verstehen können. Es fiel der Satz: »Your German is too bad.«

Schon in diesem Moment hätte ich eingreifen müssen, hätte ich klarstellen müssen, dass dies keine Worte sind, mit denen ein konstruktives Feedback möglich ist. Stattdessen versuchte ich, die Äußerung aus dem Plenum ins Konstruktive zu überführen, indem ich den Referierenden empfahl, noch mal einen Deutschkurs zu besuchen. Das war eindeutig die falsche Reaktion, denn sie lud einen anderen Studierenden dazu ein, zu ergänzen: »Am besten einen Aussprachekurs.«

Daraufhin wurde im Plenum gelacht, und auch dieses Lachen ließ ich unkommentiert. Leider glaubte ich, die Situation durch einen Hinweis auf die Interferenzen entschärfen zu können, die beim Erwerb von Sprachen entstehen, deren Phoneminventar stark von dem der Erstsprache der Lernenden abweicht

Ich bedauere meine fehlende Sensibilität in dieser Situation. Ich werde daran arbeiten, Diskriminierungen zukünftig schneller zu erkennen und deutlich zu verurteilen.

Nicht schlecht, Frau Rischer, finden viele von uns. Vielleicht etwas kompliziert. Aber Rischer schreibt ja weiter? Frau Rischer?

Die Situation wäre allerdings so nicht möglich gewesen, wenn es nicht ein unausgesprochenes Problem am Institut für Germanistik gäbe: die mangelnden deutschen Sprachkenntnisse einiger internationaler Studierender. Wenn es immer wieder Referate gibt, die sprachlich schwer zu verstehen sind, hält das die inhaltliche Arbeit sehr auf. Zudem ist es kaum zu vermitteln, warum Leistungen internationaler Studierender, die wegen der fehlenden Sprachkenntnisse kaum bewertbar sind, einfach mit 3,7 durchgewunken werden. Das nimmt der ohnehin problematischen Benotung von Referaten, die ja eigentlich dem angstfreien Einüben des wissenschaftlichen Arbeitens dienen sollen, einiges an Legitimation. Ich möchte hier darauf hinweisen, dass es sich nicht um Austauschstudierende handelt, sondern um regulär in einen Master unserer Universität eingeschriebene Personen.

Auch in anderen Philologien, der Anglistik oder Romanistik etwa, wird die sprachliche Angemessenheit des Englischen oder Französischen eines Referats oder einer Hausarbeit benotet; auch in diesem Fächern müssen die Studierenden sich in einer Fremdsprache auf wissenschaftlichem Niveau äußern können. Das ist integraler Teil des Studienfachs. Warum sollten wir in der Germanistik diesen Anspruch nicht haben?

Meines Erachtens wäre in meinem Seminar nach den Äußerungen »Your German is too bad« und »Am besten einen Aussprachekurs« nicht gelacht worden, wenn dies alles nicht schon lange unausgesprochen im Raum stünde. Wir täten also gut daran, das Problem offen und sachlich zu diskutieren, sodass es nicht – wie in meinem Seminar geschehen – in unangemessener Form seinen Weg an die Oberfläche findet.

So viel zum Kontext der Situation.

Aber auch vor diesem Hintergrund gilt natürlich: Meine Reaktion war falsch. Wie ich im Berlin-Radio bereits klargestellt habe, darf es Rassismus an unserer Universität nicht geben.

Ich möchte die Betroffenen um Entschuldigung bitten und biete ihnen ein persönliches Gespräch an.

Mit freundlichen Grüßen
Nora Rischer

Dr. Nora Rischer
Vertretung der Professur für Soziolinguistik
Universität Berlin
Institut für Germanistik

19.

Ist Rischer wahnsinnig geworden?, fragen viele von uns. Sind das immer noch die Hormone, die da wirken?

Wozu reden wir denn seit Stunden in Engelszungen auf Rischer ein?, fragen andere.

Hat Rischer die Mail schon abgeschickt?, wollen die praktisch Veranlagten unter uns wissen.

Nein, Rischer hat die Mail noch nicht abgeschickt. Der Text befindet sich auf Rischers Handy im Ordner mit den Entwürfen, doch Rischers Daumen schwebt gefährlich über dem Senden-Button –

Nicht, Frau Rischer, Sie machen sich unglücklich!

Und außerdem ist es falsch, ergänzen einige von uns. Das ist keine Entschuldigung. Das ist eine *Nonpology*. Das sind Ausflüchte.

Entschuldigen Sie sich doch lieber anständig, es ist gar nicht schwer, Frau Rischer, Sie selbst haben doch eine Studie über die diskursive Konstruktion von Entschuldigungen gemacht, und falls Ihre Daten erfunden waren: Es gibt Seiten im Internet, auf denen man sich automatisch eine angemessene Entschuldigung generieren lassen kann, einfach den Schweregrad des Vergehens eingeben, das Thema des Vergehens und die Institution, in der das Vergehen stattgefunden hat – und schon erscheint eine Entschuldigung, die alle notwendigen Komponenten enthält: Ausdruck von Bedauern, Erklärung des Verhaltens (Erklärung, nicht Rechtfertigung!), Geloben von Besserung, Bitte um Entschuldigung. Nur so kann es gehen, Frau Rischer!

Rischer will das nicht einsehen. Aber es stimmt doch, was ich geschrieben habe, beharrt Rischer, es wäre doch nicht zu der Situation gekommen, wenn wir offen über die Sprachprobleme reden würden.

Dennoch war Ihr Verhalten falsch, Frau Rischer.

Wenn ich mich jetzt einfach nur entschuldige, ändert sich doch am eigentlichen Problem nichts!

Aber was ist denn das eigentliche Problem, Frau Rischer? Der weit verbreitete Rassismus – oder ein paar in nicht ganz korrektem Deutsch formulierte Sätze?

Rischer springt auf, Vorsicht, die Tüten, Frau Rischer!

Es reicht, schreit Rischer, ihr vermischt die Ebenen, es ist Fakt, dass Tabus wie das der fehlenden Sprachkenntnisse erst zu solchen beschissenen Situationen führen! Weil man nichts mehr sagen darf.

Aber Sie reden hier doch die ganze Zeit, Frau Rischer. Ganz offensichtlich dürfen Sie doch alles sagen?

Ja, sagen darf ich es, zischt Rischer, aber dann kommt ihr und dreht mir das Wort im Munde um. Ihr seid doch das beste Beispiel dafür, dass man sich nicht mehr richtig äußern kann!

Aber wir kommen ja aus Ihrem eigenen Kopf, Frau Rischer. Wenn wir für irgendetwas ein Beweis sind, dann dafür, dass Sie annehmen, man dürfe heute nichts mehr sagen.

Und diese Haltung spricht ja für sich.

Der Proktologe des Autors

Ha!

Die Nachbarstochter

Aber warum sollte man denn alles sagen? Es ist doch besser, wenn wir uns vorher genau überlegen, ob das, was wir sagen wollen, verletzend für andere Personen sein könnte.

Die beste Freundin des Autors
Verstehe ich nicht. Man darf doch alles sagen? Wir haben ja Meinungsfreiheit hier.

Prof. Dr. Brigitte E.
Es ist mir ein Rätsel, warum Anton offenbar unbedingt seine Karriere zerstören will. Wie auch immer, das ist mir auf jeden Fall lieber, als wenn er meine zerstört.

Die Lektorin
Ein kleines bisschen mehr Kontextualisierung, und diese Textstelle wäre halb so wild.

Rischer lässt sich erschöpft zurück auf ihren Sitz fallen. War nicht so gemeint, murmelt Rischer.

Joachim Hollerbruch
Frau Rischer hat ja ein bisschen die Ausstrahlung eines angeschossenen Rehs, aber weit gefehlt! Weit gefehlt! Wie sie dem Baldauf immer wieder Paroli bietet, das ist einfach großartig. Auf der Einweihung des Hirnscanners etwa, der für den neuen Sonderforschungsbereich *Beyond Beauty* angeschafft worden ist, da war Frau Rischer mal wieder richtig in Fahrt. Wir waren natürlich alle da, erstens ist bei Sonderforschungsbereichen das Büfett immer hervorragend, und zweitens wollen wir natürlich alle ein kleines Projekt unterbringen. Es macht bei uns jetzt plötzlich jeder was mit Schönheit und Hirnscanner, ist ja klar. Nicht nur, dass es da ordentlich

Geld gibt, man kann auch endlich mal als Geisteswissenschaftler mit den Naturwissenschaftlern mithalten. Durch den Scanner gibt es bei uns jetzt plötzlich auch sowas wie harte Daten. Die Bilder, die der ausspuckt, die werden ja behandelt wie unhintergehbare Beweise, wie Gottes Wort. Ohne unbescheiden zu sein, muss ich sagen: Mir ist es besonders gut gelungen, meine aktuellen Forschungsinteressen entsprechend hinzubiegen. Ich beschäftige mich schon länger mit Terroranschlägen als Akte des Erhabenen im Kant'schen Sinne, und nun werde ich Versuchspersonen in den Scanner legen und ihnen Bilder von Terroranschlägen zeigen und schauen, was da im Gehirn aufleuchtet. Wenn es das Belohnungszentrum wäre, oder so – das wäre natürlich großartig. Wenn nicht, habe ich auch mein Geld bekommen und kann in Ruhe weiter Kant lesen.

Aber es soll hier ja um Frau Rischer gehen, und wie sie den Baldauf bei der Scanner-Einweihung abgewatscht hat. Der Gute hatte mal wieder seine joviale Art drauf, stellte sich mit einem Glas Sekt in der Hand zu uns, fragte »Lehrveranstaltungen gut angelaufen?«, nur um dann übergangslos den großen didaktischen Erfolg zu schildern, den er in der ersten Sitzung seiner *Einführung in die interkulturelle Pragmatik* errungen haben wollte. Er habe als Einstieg in das Thema der sogenannten, da hat er dann natürlich beide Hände zu Gänsefüßchen erhoben, »Fremdsprachen«, die Antwort eines SPD-Abgeordneten auf eine Anfrage der AfD diskutieren lassen. Es ging um die Forderung der AfD, Deutsch als Landessprache festzulegen, und seine Antwort an die AfD habe der ostfriesische SPD-Abgeordnete auf Plattdeutsch gegeben, hat der Baldauf berichtet. »Auf Plattdeutsch, gut was?« Das hat ihn begeistert, den Baldauf. Und seine Studierenden hätten aus diesem kurzen Ausschnitt der Bundestagsdebatte auch genau die richtigen Schlüsse gezogen, »supersupergut, was?«, hat Baldauf immer wieder in die Runde gefragt und gegrinst wie ein Honigkuchenpferd.

Und dann – Baldauf wollte schon weiterziehen mit seinem Sektglas, doch dann fragte Frau Rischer plötzlich ganz trocken, geradezu naiv: »Welche Schlüsse denn?«

Der Baldauf konnte es gar nicht fassen, »Na, der SPD-Abgeordnete hat damit demonstriert, welcher bunten Sprachvielfalt Deutschland sich erfreut! Er hat gezeigt, dass es vollkommen unnötig ist, Deutsch als Landessprache irgendwo festzuschreiben und damit zu oktroyieren und überzubewerten!«

Ich dachte schon, das wär's gewesen, der Baldauf hatte mal wieder das letzte Wort, doch dann fragte Frau Rischer doch tatsächlich: »Haben Sie die plattdeutsche Rede denn verstanden, Herr Baldauf?«

Baldauf schüttelte lächelnd den Kopf, in den großen Gesten, zu denen er neigt, und rief aus: »Nein, natürlich nicht! Genauso wenig wie mein Landsmann Schäuble!«

Aber zeige das denn nicht gerade, dass man eine gemeinsame Landessprache brauche, um sich zu verständigen, fragte Frau Rischer vermeintlich naiv weiter. Ich dachte schon, jetzt hat sie den Baldauf, jetzt muss er zugeben, dass die plattdeutsche Rede eines dieser typisch schwammigen rhetorischen Mittel der aktuellen politischen Kommunikation ist, ein Scheinargument, das einfach gefühlsmäßig Zustimmung erzeugen soll, was im Bundestag ja auch gelungen ist – doch dann hob Baldauf eine Braue, dann noch eine, und blickte Frau Rischer an: »Wollen Sie etwa der AfD rechtgeben?«

Da ist Frau Rischer dann leider eingeknickt. »Nein, nein«, erwiderte sie, »ich meinte ja nur.«

Und Baldauf wurde gleich wieder versöhnlich. »Ist ja klar, dass ich als Schwabe kein Plattdeutsch verstehe, aber Sie vielleicht, Frau Rischer? Sie kommen doch aus Niedersachsen?«

Frau Rischer hat nur noch traurig ihr Köpfchen geschüttelt und gesagt: »Nein. Leider spreche ich kein Platt.«

Rischer zuckt zusammen, sie erinnert sich genau an die Situation, wieder einmal war es Baldauf gelungen, ihre übliche Abneigung gegen das Widersprechen außer Kraft zu setzen. Rischer persönlich war und ist es ziemlich egal, ob Deutsch als Landessprache in der Verfassung steht oder nicht, der Antrag der AfD war natürlich provozierend gemeint, das ist ihr klar, Rischer hat selbstverständlich nichts mit der AfD am Hut, das muss hier unbedingt gesagt werden, nein, ihr Widerspruch hatte nichts mit der deutschen Sprache oder der AfD oder der SPD zu tun, wirklich nicht, beteuert Rischer. Und sollte es trotzdem so rübergekommen sein, bedauere ich das natürlich sehr.

Markus Mantau @BildungSchuleAfD
Schluss mit dem Diversitäts-Quatsch! Wer Germanistik studiert, muss Deutsch können!

Wenn das so ist, Frau Rischer, wollen viele von uns wissen, warum spielen Sie dann der AfD in die Hände mit Ihrer Kritik an den Sprachkenntnissen der internationalen Studierenden?

Ich spiele der AfD nicht in die Hände, behauptet Rischer, jedenfalls nicht absichtlich und –

Und schon fordert die AfD Deutsch-Eingangstests für das Germanistikstudium, Frau Rischer. Und Studiengebühren für ausländische Studierenden.

AfD fordert Schweinshaxntest für Germanistikstudium, twittert ein namhafter Satiriker.

Gut, was, Frau Rischer?

Mäßig lustig, findet Rischer – und was soll dieser Spruch denn sagen oder zeigen? Rischer verdreht die Augen, immer diese Alles-klar-Kommunikation, mosert Rischer, das ist es ja auch, was mich an der plattdeutschen Bundestagsrede so gestört hat, Rischer atmet durch, diese Rede ist ein typisches Phänomen einer Zeit, in der Sachfragen gerne mithilfe vermeintlicher, selbst geschaffener Beweise verhandelt werden, Beweise, die dann gar nicht diskutiert werden brauchen und sollen, die einfach selbstevident zu sein scheinen und zu genau dem augenzwinkernden Einverständnis führen, das Baldauf damals selbst demonstrierte und von ihr einforderte.

Doch noch etwas erregte in dem Gespräch mit Baldauf ihren Unwillen, Rischer wird das erst jetzt klar: Sie neidete dem norddeutschen Abgeordneten seine selbstverständliche regionale Identität, und genauso neidete sie Baldauf die seine. Rischers schwäbischer Vater hat sich unter lebenslangen Trennungsschmerzen von seiner pietistischen Herkunft emanzipiert, ihre Mutter ist als Kind dreizehnmal umgezogen, und in Hannover konnte Rischer sich nicht wirklich integrieren, weil die dortige Lebensart für Zugezogene nicht klar genug erkennbar war, zu subtil. Leute wie der SPD-Ostfriese und Baldauf, findet Rischer, können leicht alles, was nach deutscher

Identität aussieht, über Bord werfen, denn sie sind dann immer noch Schwabe und Ostfriese, während Rischer nach Abzug aller deutschen Identifikationsmöglichkeiten mit gar nichts da steht.

»Ich fühle mich als Europäerin«, hat sie Baldauf damals mitgeteilt, und der nickte lobend und zog endlich ab mit seinem Sektglas.

Uni Berlin -> Startseite -> Informationen für Medien und Journalist*innen -> Pressemitteilungen -> Aktuell -> Mutmaßliche rassistische Beleidigung und diskriminierende Benotungspraxis am Institut für Germanistik der Universität Berlin

Mutmaßliche rassistische Beleidigung und diskriminierende Benotungspraxis am Institut für Germanistik der Universität Berlin

UBe-Leitung wird möglichen Missständen am Institut für Germanistik entschlossen nachgehen. Personen, die Hinweise geben können, werden ersucht, sich zu melden.

In Bezug auf eine mutmaßliche rassistische Beleidigung internationaler Studierender in einem sprachwissenschaftlichen Seminar durch ein Mitglied des Germanistischen Instituts der Universität Berlin kündigt die UBe-Leitung sofortige intensive interne Ermittlungen an.

Im Zusammenhang mit diesem Vorkommnis steht auch die Frage im Raum, ob am Institut für Germanistik internationale Studierende aus asiatischen Ländern systematisch bei der Benotung benachteiligt werden. Es besteht der Verdacht, dass Leistungen dieser Studierender systematisch nicht besser als 3,7 benotet werden.

Auch diesem Vorwurf wird die Hochschulleitung konsequent nachgehen.

Die Universitätsleitung ruft alle Personen, die Kenntnis über diese diskriminierende Praxis oder den rassistischen Vorfall haben, dazu auf, sich an die Hochschulleitung, die Beauftragte für Diskriminierungsfreiheit oder das Referat gegen Rassismus des AStA zu wenden.

Die Universitätsleitung verurteilt ausdrücklich jegliche Diskriminierung aufgrund von Hautfarbe, Herkunft, Geschlecht, sexueller Orientierung oder kulturellem Hintergrund. Die Universität Berlin ist ein sicherer Ort für alle Lernenden, Lehrenden und Forschenden, an dem Rassismus nicht toleriert wird.

Rischer schaut auf das Display ihres Telefons und – lacht? Lachen Sie wirklich, Frau Rischer? Oder sind Ihre unruhigen Mundwinkel doch ein Ausdruck von Verzweiflung? Nein, Rischer lacht tatsächlich. Jetzt sind alle am Germanistischen Institut betroffen, sagt Rischer, jetzt sitzen wir alle in einem Boot. Oder: im viel zu schweren Dampfer, wie Baldauf es ausgedrückt hat. Und Baldauf, dem Kapitän, ja, Baldauf wird die hanebüchene Benotungspraxis, die er uns allen aufgedrängt hat, jetzt um die Ohren fliegen.

Rischer lehnt sich erleichtert in die Polster der S-Bahn-Bank zurück. Fast erscheinen ihr die Tüten gar nicht mehr so störend. Verständlich, dass jemand die hier abgestellt hat, findet Rischer, es gibt ja auch keinen Platz für Gepäck. Rischer wendet sich zum Fenster, will ein wenig hinausschauen – doch da sieht sie nur ihre eigene Reflexion. Rischer erschrickt kurz, dann lächelt sie. Jetzt geht es um viel mehr als nur um mich und meine dumme Äußerung zu den interlingualen Interferenzen, freut Rischer sich. Andererseits, Rischers Freude schwindet, braucht jeder Skandal ein Gesicht. Und dieses Gesicht bin ich. Es ist ungerecht, ruft Rischer, Baldauf ist schuld daran, dass es ständig Ärger um Referate und Noten gibt! – dann wird sie stumm und schaut auf die Tüten. Waren das eben auch schon vier? Oder sind es mehr geworden?

Für einen Moment fürchtet Rischer, gleich in den *These Boots Are Made For Walkin'*-Zustand zu fallen, sie konzentriert sich auf die Tüten, versucht, sich an der Außenwelt festzuhalten, das hilft manchmal, um den Zustand abzuwehren. Als ich letzte Woche aus der verhängnisvollen Sitzung kam, hat das nicht geklappt, erinnert Rischer sich, ich bin im *These Boots Are Made For Walkin'*-Zustand über den Flur unseres Instituts gelaufen wie eine Schlafwandlerin. Und dort – Rischer würde am liebsten gar nicht mehr dran denken – dort hat Baldauf ihr aufgelauert, um sie mal wieder wegen einer Note in die Zange zu nehmen. »Hätten Sie ein Sekündle, Frau Rischer, geht auch supersuperschnell – es gibt da nur ein winziges Problemle mit einer Bewertung«, und dann hat Baldauf hörbar eine große Portion mit Spucke angereicherter Luft zwischen den Zähnen hochgezogen und kehlig auf der Silbe *haa* ausgeatmet, eine Geräuschkombination, die wohl illustrieren sollte, vermutet Rischer, wie delikat das Problem war. Rischer tut das nun auch, zieht Luft und Spucke zwischen den Zähnen hoch, einige Fahrgäste drehen sich verwundert zu Rischer um, aber Rischer tut es gleich noch mal, damit wir auch wirklich nachvollziehen können, wie aggressiv einen dieses Geräusch macht.

So schlimm finden wir das Geräusch eigentlich nicht, Frau Rischer.

Doch, doch, ihr habt es nur noch nicht oft genug gehört, Rischer macht es uns noch mal vor, das ist ein typisch schwäbisches Geräusch, findet Rischer, sie schaut noch einmal missbilligend auf die Tüten und dann durch den Waggon, denn es sind neue Leute zugestiegen, denen demonstriert werden muss, dass dies nicht Rischers Tüten sind. Das Geräusch gehöre zu der zerknirscht-unverschämten Art, die Schwaben wie Baldauf gern bei der Verkündung von Dreistigkeiten und Zumutungen aller Art an den Tag legten, erklärt Rischer, dieses schlürfende Zischen und seufzende Ausatmen ist wie ein Disclaimer, es soll deutlich machen, dass man das Gesagte selbst problematisch oder schwierig findet, dass es einem ganz arg ist, und man deshalb nicht komplett in Haftung genommen werden kann. Und das funktioniert! Wenn eine unverschämte Forderung im Zisch-schlürf-seufz-Modus vorgetragen wird, ist es viel schwerer, sie als unverschämt zurückzuweisen. Das machen die doch extra, die Schwaben!, ruft Rischer.

Die Schwäb*innen unter uns fühlen sich nicht ganz wohl mit dieser Aussage Rischers, erleben sie als beinahe diskriminierend – und tatsächlich scheint Rischers Äußerung einen leicht, nun ja, abwertenden Einschlag zu haben – Diskriminierung!, meckern die Schwäb*innen, aber, liebe Schwäb*innen, Schwäbischsein ist kein diskriminierungswürdiges Merkmal, dafür seid ihr zu erfolgreich, zu wohlhabend, zu gebildet, zu protestantisch, zu sorgfältig, zu pünktlich, zu fleißig, zu spießig, zu bieder ... wie auch immer, in diesem Fall ist Rischers Bemerkung jedenfalls nicht als Diskriminierung zu werten, sondern als rein persönliche Abneigung.

Ach so? Das müssen die Schwäb*innen erst mal verdauen, und Rischer wischt sich den Schweiß von der Stirn, sie wollte nun wirklich niemanden diskriminieren, sie mag nun mal einfach keine Schwaben.

Schwäb*innen, Frau Rischer. Schwäb*innen.

Ha, Schwäb*innen? In dieser Form kommen wir ja gar nicht mehr vor, murren einige der sich als männlich identifizierenden Schwäb*innen.

Seid doch froh, sagt Rischer.

Dann wird sie nachdenklich: Aber ist vielleicht bei der Formulierung einer allgemeinen Abneigung wie der meinen doch *Schwaben* passender? Legt das Wort *Schwäb*innen* in seiner guten Absicht, wirklich alle Schwaben einzubeziehen, nicht fälschlicherweise nahe, ich würde ausnahmslos alle Vertreter*innen dieser Kategorie ablehnen? Das ist nicht der Fall, ich kenne ja gar nicht alle Schwäb*innen, kann also auch nicht alle ablehnen, ich will vielmehr einen Widerwillen gegen etwas allgemein und kategorial *Schwäbisches* zum Ausdruck bringen. Ist das mit der Form *Schwäb*innen* überhaupt möglich?, fragt Rischer sich.

Es stört Sie also, Frau Rischer, dass die neue Ausdrucksweise weniger gut dazu geeignet ist, Vorurteile zu formulieren?

Ha ja, das sind alles Vorurteile, rufen die Schwäb*innen.

Ist ja auch egal, Rischer zieht extra viel Luft und Spucke durch die Zähne, so klang das jedenfalls, als Baldauf sagte – Rischer atmet kehlig aus: Haaa, es gibt da ein winziges Problemle mit der Note eines unserer Studierenden aus dem Master *PerDiDe*. Der Herr Sch. fühlt sich ungerecht bewertet. Für sein Referat über Bewerbungsgespräche, das er in Ihrem Seminar zur Konstruktion sozialer Realität gehalten hat, Frau Rischer.

Rischer wusste gleich Bescheid, erinnerte sich sofort,

ja, es stimmte, sie hatte vor einer Woche das Referat von Herrn Sch. – eine aufwendig gestaltete PowerPoint-Präsentation – gnadenlos mit 2,7 bewertet.

Na, weil er dem Thema einfach nicht gerecht geworden ist!

Warum der defensive Tonfall, Frau Rischer?

Rischer rutscht auf der S-Bahn-Bank hin und her, soweit es die Tüten gestatten (die nicht Rischers Tüten sind!), ist ja auch egal, beschließt sie, das Thema war jedenfalls wirklich verschwendet an Herrn Sch. Es ging um eine Studie von mir, in der ich Vorstellungsgespräche analysiert habe, Rischers Sprachfluss wird ruhiger, sie lächelt, wirklich hochinteressante Daten, Moment, Rischer wischt über das Display ihres Telefons, Moment, ich hab's gleich, ja, schaut mal, hier ist das Transkript eines Bewerbungsgesprächs. Lest euch das mal durch. P ist die Personalerin und B der Bewerber.

Was sind das denn für Daten, Frau Rischer?, fragen viele von uns. Selbst ausgedacht?

Nein, die Daten seien echt, versichert Rischer, es handele sich um ein Bewerbungsgespräch, das wirklich genau so stattgefunden habe – und jetzt schaut euch bitte dieses hochinteressante Transkript an!

01 P: Sören, schön, dass du da bist, dass du dir Zeit genommen hast für uns. Ich bin Lara von HR. Hattest du ein gutes Wochenende? War ja megatolles Wetter, oder?

02 B: Ja, mega! Wir waren bei diesen Food Trucks in Kreuzberg, das war irgendein Street Food Festival oder so, und ich kann nur sagen: Großartig. Mir ist jetzt noch schlecht.

03 P: (lacht höflich)
04 B: Ich bin halt so ein Mensch, ich muss immer alles probieren. Und da waren Sachen dabei, die kriegt man sonst nicht. Unfassbares Zeug. Warst du auch da?
05 P: Nein, leider nicht. Ich würde dann gerne –
06 B: Da hast du echt was verpasst, also nächstes Mal musst du da hin. Ich glaube, da ist schon in einem Monat wieder was los, da hast du also noch eine Chance.
07 P: Ja gut, dann –
08 B: Und, wie war dein Wochenende?
09 P: Gut.
10 B: Freut mich. Und was hast du gemacht? Mehr so gechillt?
11 P: Ja, kommen wir doch jetzt mal zu dir. Warum interessierst du dich für die freie Position?
12 B: Ich finde das Unternehmen einfach megainteressant. Arbeitest du schon lange hier?
13 P: Ja. Sprechen wir mal über deinen CV. Du hast Auslandserfahrung?
14 B: Na klar, ich war für ein Semester in den Staaten, in New York. Warst du auch im Ausland?
15 P: Ja.
16 B: Mega. Und wo?
17 (Pause ca. 1 Sekunde)
18 B: Und wie gefällt es dir so hier in der Firma? Sind die Leute okay?
19 P: Ich würde dann jetzt gerne mit dir deinen Lebenslauf durchgehen. Ich hab da ein paar Fragen.

Rischer lächelt, tja, ja, solche Beispiele begeistern Rischer, was zeigt uns das?, fragt Rischer.

Dass der Typ den Job vergessen kann, ruft jemand.

Genau, Rischer nickt, vielen Dank für diesen Beitrag, das ist eine interessante Analyse, die Sie da liefern, Sie meinen, dass der Bewerber vermutlich keine Chance auf die Stelle hat, weil er die Gesprächsrollen falsch interpretiert, ja? Und worin könnte diese Fehlinterpretation begründet sein? Rischer nickt, sagen Sie nichts, ich verstehe schon, genau, an der sehr informellen Gesprächsoberfläche, dem *Sören*, dem *Du*, dem *megatollen Wetter*. Damit gibt die Personalerin Hinweise auf eine Situation, in der die Gesprächspartner gleichberechtigt sind. Und dem Bewerber ist nicht klar, dass es sich nur um eine sprachliche Oberfläche handelt, dass unter dieser Oberfläche nach wie vor die alten Hierarchien liegen und die Gesprächsregeln eines Bewerbungsgesprächs gelten. Dass er als Bewerber zum Beispiel den Gesprächsverlauf nicht leiten darf. Rischer lächelt zufrieden in die volle S-Bahn, danke, das haben Sie wirklich hervorragend analysiert!

Der Reinrufer nickt benommen –

Seine falsche Einschätzung der Situation werde dem Bewerber zum Nachteil, redet Rischer weiter, durch den Trend zur Informalisierung sei es weniger leicht, Hierarchien zu erkennen, werde das Wissen über das richtige Gesprächsverhalten impliziter – und damit schwerer zu erwerben. Informalisierung erschaffe also unter Umständen neue soziale Hürden, anstatt sie – wie man vielleicht annehmen würde – einzureißen! Rischer reibt sich die Hände, sie liebt Erkenntnisse dieser Art.

Aber was ist nun mit Herrn Sch., Frau Rischer? Mit seinem Referat?

Rischer lässt die Hände sinken. Herr Sch. habe die Ergebnisse der Untersuchung inhaltlich korrekt referiert, gesteht Rischer zu, und auch mit vielen Symbolbildern aus dem Internet aufgelockert – übereinandergeschlagene Beine, Hände, die Kugelschreiber halten, Bewerbungsmappen im Close-up –, aber er habe die Erkenntnisse der Studie präsentiert, als wären es Verhaltenstipps aus einem Jobratgeber. Er habe *Dos and Don'ts* draus gemacht.

Na und, Frau Rischer? Das heißt doch, er hat dabei etwas für sich mitgenommen!

Ja, das sei auch nicht weiter schlimm gewesen, stimmt Rischer zu, und im Anschluss an dieses Referat habe sie auch nur vorsichtig – sehr vorsichtig! – angemerkt, dass es vielleicht – nur vielleicht! – so rübergekommen wäre, als sei die Studie normativ zu verstehen, und dass sie zur Verständnissicherung – nur zur Sicherung! – den Hinweis geben wolle, dass die Studie keine Bewerbungstipps liefere, sondern eine Analyse aktueller Kommunikationsmuster darstelle.

Leider spürte Herr Sch. trotz Rischers Vorsicht wohl die kritische Gesamtrichtung ihrer Bemerkung, denn nach der Sitzung rechtfertigte er sich mit dem Verweis darauf, dass sein Referatsthema die Lektüre eines besonders langen – eines eigentlich unangemessen langen – Artikels erfordert hätte, und dass er, Herr. Sch, dennoch als einziger bereit gewesen sei, das Referat zu übernehmen, und dass es bei ihm am Wochenende einen Todesfall in der weiteren Verwandtschaft gegeben habe.

Diese Rechtfertigungen! Rischer rauft sich die Haare, die Notenhysterie hat die Universität zerstört, stellt Rischer pathetisch fest, je mehr Noten es gibt, desto geringer wird die Kritikfähigkeit, immer diese Begründungen, so als wäre ich persönlich beleidigt, dass ein Referat nicht perfekt war, als wollte ich Entschuldigungen für ein moralisches Versagen hören, als könnte das die Bewertung verbessern, dabei geht es um Inhalte, um Lernen, es geht darum, durch ein Referat für sich ein Stückchen weiterzukommen, neue Erkenntnisse zu haben – von mir aus auch, dass das alles mit dem Real Life überhaupt nichts zu – Moment mal, Rischer stutzt, Herr Sch.! Das ist ja der mit dem *Fucking Seminar*, der mit dem *Real Life*, der mit dem AUUS-SPRAA-CHEE-KURRSSS! Aber seine dumme Bemerkung hat ihm nicht gereicht, er ist also direkt nach dem Fahrstuhl-Referat der Studierenden aus China zu Baldauf gerannt, ausgerechnet zu Baldauf, der mich doch selbst dazu gedrängt hat, unverständliche Referate internationaler Studierender einfach grundsätzlich mit 3,7 zu bewerten, knirscht Rischer, Baldauf selbst ist schuld daran, dass die Maßstäbe nicht mehr stimmen, das habe ich Baldauf dann auch gesagt: Ich kann die Note für das Referat der internationalen Studierenden jetzt nicht im Nachhinein auf 4,0 heruntersetzen!

Baldauf zog Luft und Spucke durch die Zähne, natürlich nicht, daran denke ich natürlich nicht, er atmete kehlig aus, haaa, Sie setzen einfach die Note von Herrn Sch. hinauf, Frau Rischer! Alles gut! Rischer protestierte, Herrn Sch.s Referat habe es an Abstraktion gefehlt, an Wissenschaftlichkeit, Baldauf wandte ein, er kenne Herrn Sch. als außerordentlich bemüht und verbindlich und finde seine Wortmeldungen durchaus überraschend und erfrischend, und dann zerrte Baldauf Rischer vor die verdammte Karikatur. Und, was sagt Ihnen dieses großartige Bildle, Frau Rischer?

Zum Ziele einer gerechten Auslese lautet die Prüfungsaufgabe für Sie alle gleich: Klettern Sie auf den Baum!

Balduin Baldauf
Frau Rischer nimmt das alles viel zu ernst. Die Notengebung ist doch eine Art Spiel, und das muss man so spielen, dass es allen Beteiligten gut damit geht.

> **Die Nachbarstochter**
> Wir haben diese Karikatur auch durchgenommen, in Ethik, und ich finde sie gut. Vielleicht nicht so unglaublich funny, aber schon cute. Und gut. Es stimmt doch, dass der Leistungsdruck überall in der Gesellschaft viel zu hoch ist. Das fängt in der Schule schon an. Beliebt sind nur die, die gute Noten schreiben. Die anderen stehen als Loser da. Ist doch schön, wenn das an der Uni dann anders ist. Da freue ich mich schon drauf.

> **Die Lektorin**
> Ich hätte dieses ganze Thema lieber außen vor gelassen. Wenn man da nicht sehr vorsichtig formuliert, klingt das schnell nach einem Statement gegen Inklusion.

> **Der Proktologe**
> In meinem Medizinstudium wurde knallhart benotet, da sind auch immer mal welche durchgefallen. Richtig so, die Leute wollen doch auch sicher sein, dass ihnen nicht einer in den Arsch schaut, der von Tuten und Blasen keine Ahnung hat.

Rischer schüttelt ungläubig den Kopf. Dass gerade die Baldaufe des Universitätsbetriebs, die ihre Karriere mit der größten Disziplin und Zielstrebigkeit verfolgen, dass genau die Baldaufs den Studierenden keine wirklich wissenschaftliche Leistung mehr abverlangen wollen – das ist doch paradox? Obwohl die Baldaufs selbst leistungsorientiert sind wie keine Akademikergeneration vor ihnen, obwohl es ständig um Exzellenz geht, obwohl an den Unis so viele Noten gegeben werden müssen wie noch nie – trotz alledem, scheint Leistungsbewertung in den Geisteswissenschaften plötzlich ein Tabu zu sein. Die Baldaufs können ihre Rolle als Lehrende nicht von ihrer privaten Person trennen, vermutet Rischer, sie sind nicht bereit, die traurigen Mienen der Studierenden auszuhalten, die Unruhe, den Ärger, ja: die sozialen Folgen einer negativen Bewertung von Leistungen auf sich zu nehmen – als nicht nett zu gelten.

Und Rischer kann das verstehen. Manchmal kommt es ihr vor, als müsse man sich zur Vergabe von Noten, die schlechter sind als 2,3, eine schwarze Kapuze überziehen. Wie ein Scharfrichter, der sein Gesicht bei seinem grausamen Geschäft nicht zeigen darf, wenn er noch weiter unter den Menschen leben will.

Rischer sieht sich vorne am Pult stehen, in einer schwarzen Kutte, das Gesicht ein dunkles Nichts, eine Sense in der Hand, mit donnernder Stimme das Todesurteil verkündend: Zwei Komma Sieben!

Sense? Nee, Frau Rischer, das ist doch keine Henkersgestalt, die Sie da heraufbeschwören, Henker haben ein Beil, der mit der Sense, das ist der –

Rischer erschrickt. Baldauf hat sich garantiert gleich gedacht, dass ich die »Lehrperson« in der Mail bin, flüstert sie. Dass es um eines meiner Seminare geht. Immerhin weiß er durch Herrn Sch., dass vorige Woche bei mir ein schwer verständliches Referat von internationalen Studierenden gehalten worden ist, keine Ahnung, wie viel

Herr Sch. ihm erzählt hat, in seiner Naivität vielleicht sogar seine eigene Äußerung, EI-NEEN AUUS-SPRAACHEE-KURRSSS, vielleicht hat Baldauf selbst an den AStA geschrieben, anonym natürlich, oder er hat die Chinesen aufgehetzt, die Studierenden aus der Volksrepublik China!

Eins ist sicher: Rischer hat sich Balduin Baldauf gegenüber höchst unvorsichtig geäußert.

Unvorsichtig?, rufen einige von uns, gemeint ist wohl: Entlarvend!

Und es stimmt, Rischers scherzhaft gemeinter – wirklich nur scherzhaft, versichert Rischer – also: Rischers wirklich nur scherzhaft gemeinter Kommentar zur fehlenden Eignung von Elefanten und Goldfischen für den Master *Klettern, Kraxeln und Besteigen* wirft ein nicht ganz unzweifelhaftes Licht auf Rischer. Ja, eine gewisse Konservativität ist da nicht zu leugnen, ein Beharren auf Werten wie Disziplin, Fleiß, Leistung, die doch heute, wenn überhaupt, nur noch im Sport so genannt werden, ein Wille, als Gatekeeperin tätig zu sein, sich Personen mit nach Rischers Einschätzung nicht ausreichenden Fähigkeiten in den Weg zu stellen – und das, obwohl sie selbst entscheidende Daten ihrer Doktorarbeit gefälscht hat!

Wer hat Rischer das Recht gegeben, Benjamin Blümchen das Baumklettern mieszumachen?

Hört doch bitte mit den Elefanten auf, fleht Rischer, das Bild sei ja völlig schief, das passe ja überhaupt nicht zu der Situation, um die es hier gehe. Dieser verdammte Elefant!, ruft Rischer.

Erik P., Elefant

Na ja, also verletzend finde ich es schon, dass Frau Rischer so über mich redet, *verdammter Elefant*. Das tut schon weh. Und ich denke, dass ich auch im Namen des Goldfisches, des Pudels, des Seehunds, des Affen, der Elster und des Pelikans spreche, wenn ich sage: Wir haben es uns nicht ausgesucht, seit Jahrzehnten neben diesem Baum zu stehen, vor diesem Mann an seinem Pult, für immer gefangen in dem Moment, in dem er zu uns sagt: *Zum Ziele einer gerechten Auslese lautet die Prüfungsaufgabe für Sie alle gleich: Klettern Sie auf den Baum!* Wir haben uns nicht freiwillig dafür gemeldet, wir wurden einfach hineingezeichnet. Klar, das hat uns einiges an Ruhm und Prominenz gebracht, nicht nur in Deutschland, auch in Skandinavien zum Beispiel. Aber Frau Rischer ist leider nicht die einzige, der die Karikatur, in der wir da mitwirken müssen, langsam auf die Nerven geht. Wir spüren die ablehnenden Reaktionen durchaus, gerade in den letzten Jahren. Besonders Malte, dem Pudel, macht das sehr zu schaffen.

Und bei Frau Rischer war dieser negative Vibe immer extra stark. Wir sind uns ja nicht nur ein Mal begegnet, nein, wir sind in ihrem Pädagogik-Grundkurs in der Oberstufe aufeinandergetroffen, in mindestens vier oder fünf hochschuldidaktischen Fortbildungen und dann noch in der Situation auf dem Flur mit Balduin Baldauf. Beim ersten Mal, im Pädagogik-Grundkurs, da hat Frau Rischer noch herzlich über uns gelacht. Aber an der Universität hat sich unser Verhältnis dann irgendwie abgekühlt. Wenn wir an die Wand projiziert wurden, war in Frau Rischers Augen deutlich zu lesen: Oh nein, nicht schon wieder die! Und – das muss ich ganz ehrlich so sagen – wir haben umgekehrt bei Frau Rischers Anblick auch gedacht: Oh nein, nicht die schon wieder!

Allerdings stellt sich die Frage, warum Frau Rischer uns so ablehnt. Eigentlich transportieren wir eine sehr positive Botschaft, nämlich dass wir alle etwas können, alle unsere Stärken haben, auch wenn wir nicht alle auf den Baum kommen. Und dass es deshalb unsinnig und überhaupt nicht gerecht ist, unseren Wert am Baumklettern festzumachen. Auch Frank, unser Affe, hat das über die Jahre eingesehen, der hat sich am Anfang etwas schwer damit getan.

Aber Frau Rischer schien diese Botschaft nicht zu gefallen. Wenn alle anderen erleichtert auflachten über unsere schöne Pointe, war Frau Rischer auffällig still. Tja, und dann fing sie irgendwann an, so seltsame Fragen zu stellen. Was wir denn vorhätten, wenn wir demnächst unser Baumkletter-Studium mit 2,3 abschließen würden. Ob wir eine Baumpflegefirma gründen wollten. Und dass ich mit meinem Rüssel ja immerhin noch an die unteren Zweige käme, der Pudel das Düngen übernehmen könne und der Goldfisch die Buchhaltung. Und dass der Seehund sicher ganz neue Perspektiven in die Baumpflege einbringen würde.

Ich finde das zynisch. Was hat Frau Rischer denn erlebt, dass sie so auf anderen herumhacken muss?

Und das ist noch nicht alles. Bei der vierten Fortbildung, auf der wir unglücklicherweise aufeinandertrafen, hatte Frau Rischer Kopien für alle Teilnehmer*innen dabei. *Wie ich einmal völlig missverstanden wurde und damit einen schönen Batzen Geld verdiente,* lautete die Überschrift. Autor: Hans Traxler. Unser Erschaffer. Es ist ein Kapitel aus seiner Autobiographie *Cartoons*, und ich kannte das noch gar nicht, ich wusste gar nicht, dass er überhaupt sowas geschrieben hat. Die anderen auch nicht. Zunächst waren wir durchaus stolz, dass wir ein ganzes Kapitel darin einnehmen. Aber dann, als alle die von Frau Rischer mitgebrachten Seiten studierten, wurde nach und nach klar, was darinsteht: Traxler erzählt da doch ernsthaft, dass er das mit uns gar nicht so gemeint hat! Er hätte nur Spaß an der Absurdität gehabt und sei bass erstaunt gewesen, als er hörte, wie seine Zeichnung in der Pädagogik auslegt werde. Er geht sogar so weit, zu behaupten, er habe mit uns die »dumpfe These« vertreten wollen – immerhin, er bezeichnet sie als »dumpf« –, dass »die Menschen eben nicht mit gleichen Anlagen auf die Welt kommen«!

Wir konnten es nicht fassen. Für uns ist da wirklich eine Welt zusammengebrochen. Und wir merkten auch, dass die Teilnehmer*innen der Fortbildung verunsichert waren. Aber die Leiterin war auf Zack. Sie fragte Frau Rischer, ob es denn dem aktuellen Forschungsstand in der Germanistik entspräche, bei der Textinterpretation die Autor*innen-Intention als ausschlaggebend anzusehen. Frau Rischer redete sich raus, sie sei Linguistin und keine Literaturwissenschaftlerin, aber der Punkt war gemacht, es wurde allgemein verstehend gelacht. Dann erläuterte die Leiterin, dass Frau Rischer die Analogie einfach zu wörtlich nehme, dass die Karikatur nur als Denkanstoß diene, um über die Differenzierung von Lehrmethoden und von Prüfungsformen nachzudenken.

Tja, und da wusste Frau Rischer dann wohl nicht weiter. Wenn jemand die Stimme hebt, ist immer klar: Der weiß eigentlich nicht weiter. »Aber das machen wir in der Germanistik ja nicht!«, brüllte Frau Rischer, »wir entwickeln ja keine individuellen Methoden, um auch dem Elefanten das Klettern beizubringen – nein, wir heben ihn mit einem Kran auf die Baumkrone und stellen ihm dann ein Diplom im Baumklettern aus!«

Tja, Frau Rischer, aber dafür können wir doch nichts!

20.

Haben Sie das wirklich so gesagt, Frau Rischer?, fragen viele von uns entgeistert.

Vor Zeugen?, hängen andere mit bedenklichen Mienen dran. Unter uns werden Köpfe geschüttelt, teils wegen Rischers Zynismus, teils wegen ihrer übertriebenen Ehrlichkeit. Oder, wie einige wenige es formulieren: Blödheit.

Rischer reagiert nicht, sie sieht ein Seil vor sich, es baumelt von der S-Bahn-Decke, nein, von der Turnhallendecke, ganz unten hängt ein kleines dickes Mädchen dran. Hinter ihr stehen in einer Reihe ihre Mitschüler*innen. Einige schauen hämisch, andere mitleidvoll, viele gelangweilt.

»Lass dir Zeit, Nora!«, brüllt Herr Thiessen.

Zum Ziele einer gerechten Auslese lautet die Prüfungsaufgabe für euch alle gleich: Klettert an diesem Seil hoch!

Wenn Herr Thiessen damals die Traxler-Karikatur gekannt hätte, Frau Rischer, dann wäre es Ihnen doch vermutlich besser ergangen?

Vielleicht, denkt Rischer, ja, aber: nein, wehrt Rischer sich, nein, nein, das passt nicht, der Vergleich stimmt einfach nicht – sie spürt noch das Seil an den Händen brennen, das Reißen in den Armen, die Scham, die Panik –, das passt trotzdem nicht, beharrt Rischer, denn die Frage, die in den Fortbildungen nie gestellt wird, ist doch: Um was für eine Auslese geht es denn überhaupt? Rischer schüttelt sich, Auslese, das ist ein höchst unangenehmes Wort, also anders: Wozu dient diese Prüfung? Wenn die Tiere auf den Baum klettern sollen, damit man feststellen kann, wer ein wertvolles Lebewesen ist oder wer moralisch akzeptabel ist – und so erschien es Rischer tatsächlich damals im Sportunterricht, und auch in anderen Fächern, da wurde nicht über Fähigkeiten, sondern über den Wert der ganzen Person entschieden, da wurden Leute als unsportlich oder dumm abgestempelt –, dann ist es natürlich nicht gerecht, dass alle auf den Baum klettern sollen. Wenn man allerdings herausfinden will, wer zum Zeitpunkt des Tests auf einen Baum klettern kann, dann ist das genau die richtige Methode: die Prüflinge auf einen Baum klettern zu lassen! Rischer atmet auf, sie spürt wieder festen Boden unter den Füßen, das Rattern der S-Bahn, sonst weiß man nämlich hinterher nicht, wer auf einen Baum klettern kann. Und wenn der Elefant nicht hochkommt, darf man ihm eben auch keine 2,3 geben. So einfach ist das. Rischer nickt zufrieden.

Aber Benjamin Blümchen hat es bei seiner Baum-Rettungsaktion doch sehr gut nach oben geschafft, wenden viele von uns ein.

Vielleicht fehlt es Rischer an Fantasie, vermuten einige.

Oder ist Rischer etwa gegen Umweltschutz?, fragen andere.

Rischer winkt erschöpft ab. Natürlich nicht! Ich hatte schon Klimaangst, als es das Wort noch gar nicht gab. Aber wir leben in einer arbeitsteiligen Gesellschaft, ein Elefant *muss* doch nicht unbedingt in der Baumpflege tätig sein!

So wie eine vierundvierzigjährige Lesbe nicht unbedingt Kinder kriegen muss, Frau Rischer?

21.

Rischer wirkt, als hätten wir ihr einen Faustschlag auf die Nase verpasst.

Was hat das eine mit dem anderen zu tun, zischt Rischer, doch das Zischen klingt ein wenig schlapp, schon erkennt Rischer in dem gynäkologischen Stuhl, in dem sie eben noch lag, den Kran des Elefanten, ja, es stimmt doch, Rischer selbst wird in der Kinderwunschpraxis etwas möglich gemacht, das eigentlich außerhalb ihrer Möglichkeiten liegt. Die Gesellschaft, die Rücksicht auf die Anlagen und Wünsche des Elefanten nimmt, nimmt auch Rücksicht auf Rischers individuelle Stärken und Ziele, sie liefert das sanft abgedunkelte Zimmer, den modernen Stuhl, die Hormontabletten und Eisprungspritzen, die leger gekleidete Ärztin, das Mobile, die Störche, Äpfel, Blumen und Bienchen – weil Rischer einfach keine Lust hat, mit einem Mann zu schlafen.

Von wegen liefern! Wir müssen das alles selbst bezahlen, anders als heterosexuelle Paare mit Zeugungsschwierigkeiten!

Aber *Ihre* Zeugungsschwierigkeiten sind selbst gewählt, Frau Rischer.

Selbst gewählt? Unter uns wird es unruhig, niemand sucht sich seine sexuelle Identität aus, wird gerufen, *Born This Way*, wird gesungen, und Rischer würde gerne mitmachen, mitsingen, Regenbogenfahnen schwenken, doch –

Ja, die meisten empfinden das ja so, sagt Rischer, ist schon klar, ich verstehe das schon – aber das *Born This*

Way behagt Rischer nicht. Denn das *Born This Way* erhalte seine rhetorische Kraft durch die problematische Annahme: Weil man so geboren wurde, ist man nicht schuld daran. Wäre es nicht ein viel höherer Grad der Freiheit, fragt Rischer, wenn man Akzeptanz für eine freie Entscheidung einfordern würde?

Viele von uns stöhnen, Rischer geht ihnen auf den Geist, alles muss sie zerdenken, zerpflücken, immer destruktiv, nie konstruktiv, sogar ihre eigene Selbstermächtigung lehnt sie aus theoretischen Skrupeln heraus ab. »Ihr im Westen zweifelt an allem, außer am Zweifel«, hat eine genervte Meditationslehrerin mal zu Rischer gesagt – aber zweifeln wir nicht eher viel zu wenig hier und heutzutage, zweifelt Rischer, irgendwie wissen ja immer alle genau, wie's richtig ist, außer Rischer natürlich, Rischer zweifelt eifrig, Rischer kann nicht einmal aus Spaß *Born This Way* singen, *Born* – setzt Rischer schüchtern an, *Born This* – und jemand ruft: Da schlägt das heterosexuelle Rotkehlchen wieder durch!

Heterosexuelles Rotkehlchen? Rischer weiß gar nicht, wie das jetzt gemeint sein soll.

Elif, ehemalige Mitschülerin

Ehemalige Mitschülerin? Na, das ist ja sehr dezent ausgedrückt. Nora und ich waren beste Freundinnen, von der ersten Klasse fast bis zum Abitur, und wenn es nach mir gegangen wäre, hätte da auch noch mehr sein können als Freundschaft. Aber leider ist es nie dazu gekommen. Aus Gründen, wie Nora und ich früher gesagt hätten, das war so eine stehende Redewendung von uns, weil am Schulsekretariat mal ein Zettel hing: *Aus Gründen geschlossen.* Das haben wir sofort übernommen.

Das heterosexuelle Rotkehlchen war auch so ein Ausdruck von uns. In der elften und zwölften Klasse hatten wir Deutsch bei Frau Tassler, einer älteren, strengen, aber sehr fairen Lehrerin. Frau Tassler hat viel Sprachwissenschaft mit uns gemacht, das semiotische Dreieck zum Beispiel und eben auch Prototypensemantik. Dahinter steckt die Idee, dass jeder Begriff im Zentrum einen sehr typischen Vertreter hat und an den Rändern Exemplare, die als weniger typisch gelten. Das hat uns begeistert, wir hatten den Eindruck, das erklärt uns wirklich ein Stück weit, wie wir die Welt wahrnehmen. Endlich mal was anderes als das übliche Textinterpretations-Gelaber in Deutsch. Dass Nora hinterher Linguistik studiert hat, das lag, glaube ich, an Frau Tassler.

Nora und ich sind damals am Wochenende gerne ins *Hexenhäuschen* zum Tanzen gegangen, und da war ein ziemlich queeres Publikum – ich weiß gar nicht mehr, ob man das damals schon so genannt hat, aber so war es jedenfalls. Queer. Und da gab es einen lustigen Effekt: Sonst war immer Nora die »normale« junge Frau, mit ihren langen Haaren und den schicken Kleidern und so weiter, und ich fiel auf, weil ich mich weniger weiblich gezeigt habe. Aber im Hexenhäuschen hat sich das plötzlich gedreht. Unter den lesbischen Frauen war Nora auf einmal der Pinguin. Und so kam es, dass ich Nora öfter mein heterosexuelles Rotkehlchen genannt habe. Manchmal auch mein lesbischer Pinguin, das aber weniger, denn Nora war damals überzeugt, nicht lesbisch zu sein.

Schade, eigentlich.

Nico

In der Schule wurde ich, so ungefähr ab der siebten Klasse, von vielen nur *Der Türke* genannt. Obwohl meine Eltern aus Griechenland kommen. *Der Grieche* hätte natürlich auch nicht gepasst, ich bin ja Deutsche, oder meinetwegen West-Berlinerin, oder Spandauerin – aber die maskuline Form fand ich damals eigentlich ganz schmeichelhaft. Dieser Name saß so fest, dass meine Freunde mir in der Oberstufe einen blauen Becher zum Geburtstag geschenkt haben, auf dem in Schnörkelschrift *Der Türke* steht. Keramik mit weißen Punkten, handbemalt. Im Unterricht habe ich dann immer meinen Tee daraus getrunken. Den Becher habe ich heute noch, den nimmt Nora gerne für ihren Milchkaffee. Dabei ist das eigentlich ein Teebecher.

Mein Vater hat den Becher gehasst. Beim Abtrocknen hat er ihn mehrfach fallenlassen, ich glaube, mit Absicht. Aber der Becher hat was ausgehalten, der war stärker als mein Vater. Der Becher stand gleich für zwei Wahrheiten, die mein Vater lieber ignoriert hätte: Dass seine Tochter kein klassisches Mädchen ist – und dass es Diskriminierung gibt auf der Welt. Sein liebstes deutsches Sprichwort war *Jeder ist seines Glückes Schmied*, er wollte sich unbedingt einbilden, dass wir unser Glück komplett selbst in der Hand haben. Meine Mutter hat dazu immer gesagt: Aber nicht jeder Schmied hat Glück.

Mein Vater hätte sich gewünscht, dass ich rosa Röckchen trage und Schleifen im Haar und so weiter. Zur Einschulung wollte er mich dazu zwingen, ein Kleid anzuziehen, da habe ich mir dann ein Matrosenkleid ausgesucht und eine Hose drunter getragen, als Kompromiss.

Warum Nora das *Born This Way* nicht kapiert? Na, ist

doch klar: Weil ihr nie angekreidet worden ist, dass sie sich anders verhält, als sie angeblich geboren ist. Sie ist sexuell lesbisch, aber kulturell ist sie hetero. Und deshalb braucht sie das *Born This Way* nicht als Schutzschild gegen die Forderung, sich endlich ihrer Natur entsprechend zu verhalten. Weil sie das Privileg des Einfach-so-Seins dank ihrer heterosexuellen Aura ja schon besitzt.

Obwohl – eine Sache kommt mir in diesem Zusammenhang schon länger seltsam vor. Nora und ich haben uns über eine Kontaktanzeige kennengelernt, die Nora aufgegeben hatte. In einer queeren Stadtzeitung. Und als wir dann richtig zusammen waren, wollte Nora unbedingt vertuschen, dass wir uns über eine Anzeige getroffen haben. Ich sollte immer sagen, wir hätten uns kennengelernt, als wir beide in der Stadtbibliothek das gleiche Buch ausleihen wollten. Bisher dachte ich, die Anzeige wäre ihr einfach peinlich gewesen, damals war das ja noch mehr was für Leute, die sonst keinen abkriegen. Aber jetzt wird mir gerade klar: Die Geschichte mit der Bibliothek ist ja genau so eine *Born This Way*-Story. Wenn man per Anzeige bewusst eine Frau sucht, ist das eben was anderes, als wenn man zufällig eine Frau in der Stadtbibliothek trifft und sich Hals über Kopf verliebt. Dann ist das höhere Gewalt. Dann ist man nicht schuld daran.

Tja.

Vera Lohenstein, die sich gerade im Institutsrat langweilt

Ich verstehe nicht, was die ganze Aufregung soll. Wir haben doch bisher alle recht harmonisch zusammengelebt, oder nicht? Warum denn jetzt plötzlich immer diese Kleinlichkeit?

Baldauf, der gerade den Institutsrat leitet
Es ist schon auffällig, dass die Frau Rischer heute nicht da ist. Sonst kommt sie immer oder entschuldigt sich wenigstens. Das stellt sich schon die Frage, ob sie hier einem Thema ausweichen möchte.

> **Der Proktologe des Autors**
> Ich sag mal: Von mir aus können die Lesben alle Kinder kriegen, so viel sie wollen, irgendwer muss die Renten ja bezahlen.

> **Der Ehemann des Autors**
> Da hat Anton sich bei mir bedient – ich wurde in der Schule »Die Türkin« genannt. Die feminine Form fand ich allerdings nicht schmeichelhaft.

> **Die beste Freundin des Autors**
> Den blau-weißen Becher habe ich Anton geschenkt, in der Oberstufe. Darauf stand »Die Schwuchtel«. So haben nämlich leider viele Anton genannt.

> **Die Lektorin**
> Ich habe kein gutes Gefühl dabei, dass hier ein biodeutscher Autor rassistische Diskriminierungserfahrungen in der 1. Person schildert.

22.

Rischers Gesicht ist röter, als wir es bisher gesehen haben, wieder sind mit einem Schwall kalter Luft neue Leute eingestiegen, wieder wird Rischer kritisch beäugt, »na, Hauptsache, die Tüten sitzen jut!« Und schießt der junge Mann ein Abteil weiter etwa mit seinem Handy ein Foto von Rischer und den Tüten? Nein, beruhigt Rischer sich, nein, der macht bloß ein Selfie, »die Tüten sitzen jedenfalls jut!«, wird noch einmal aus den Tiefen des Waggons verkündet, warum, fragt Rischer sich, ist es eigentlich so vielen Leuten nicht mehr möglich, einfach freundlich darum zu bitten, den Sitz freizumachen, damit man sich hinsetzen kann, warum verleihen die Leute lieber indirekt ihrem Ärger Ausdruck, natürlich so, dass der Vorwurfsadressat es trotzdem hören kann?

Es gibt da nämlich eine interessante Studie zur Vorwurfskommunikation, berichtet Rischer, und sofort lässt das Rot ihres Gesichts nach, da wird zwischen Vorwurfsrezipienten und Vorwurfsadressaten differenziert. Oftmals wird Kritik nämlich zu jemandem hin ausgesprochen, der gar nicht der eigentliche Vorwurfsadressat ist; der Adressat ist jemand anderes, jemand, der nur mithört, in diesem Fall also: ich. Bei einem solchen indirekt geäußerten Vorwurf kann der Vorwurfsproduzent sich immer darauf zurückziehen, es wäre ja gar nicht so gemeint gewesen, und –

Jetzt hat Rischer den Faden verloren.

Und Rischer merkt es auch, sie wird schon wieder kritisch beäugt, oder besser gesagt: Rischers Tüten, die ja gar nicht ihre Tüten sind, Rischer schaut auf die Tüten, dann durch den Wagen, schüttelt verständnislos den Kopf, warum bitten die Leute nicht einfach darum, dass die Plätze freigemacht werden, fällt Rischer ihre Frage wieder ein, aber Rischer kennt die Antwort eigentlich, sie hat es selbst schon erlebt. Weil es sein könnte, dass darauf entgegnet wird: Halt die Fresse. Und selbst wenn das nicht passiert, selbst wenn der Angesprochene den Sitz freimacht, wird er das höchstwahrscheinlich mit einer leicht beleidigten Aura tun.

Weshalb, überlegt Rischer und führt noch mal ihre Blick-Routine durch, weshalb zeigt sich eigentlich so oft derjenige gekränkt, der einen Sitz mit seiner Tasche blockiert hat und gebeten wird, ihn freizugeben? Hätte nicht die Person ohne Platz viel mehr Grund dazu? Oder ist das gerade der Punkt, demonstrieren die Taschenbesitzer vorauseilend ihre Kränkung, um die berechtigtere Beleidigung der platzlosen Person abzublocken? Um klarzustellen, dass durch den von der Tasche besetzten Platz keinesfalls ein moralisches Ungleichgewicht entstanden ist?

Wir können einfach nicht mehr miteinander reden, seufzt Rischer und lässt wieder ihren Blick von den Tüten suchend in den Wagen wandern.

Das ist jetzt nicht gerade eine bahnbrechende Erkenntnis, Frau Rischer. Außerdem haben Sie sich bisher auch nicht gerade als Person hervorgetan, die gerne offen Probleme anspricht, oder?

Und für den Mann an Ihrer Seite nehmen Sie dann am besten Härtegrad drei. Your German is too bad. Einen Ausspracbekurs. Isch geh Schule. Aber bringen Sie bitte nicht Ihre dreizehn Cousins mit.

Dreizehn Cousins? Wo kommen die denn jetzt her? Rischer schüttelt den Kopf, ich nehme einfach nur gerne Rücksicht, teilt Rischer uns mit. Man muss doch nicht aus allem gleich eine Staatsaffäre machen! Ich wollte der Verkäuferin im Möbelhaus die Peinlichkeit ersparen. Und den Studierenden. Und in gewisser Weise auch den chinesischen Referierenden, oder? Wenn ich die Bemerkungen aus dem Plenum als diskriminierend kritisiert hätte, dann wären sie doch erst so richtig und eindeutig zur Diskriminierung geworden. Letztlich habe ich in diesen Situationen allen Anwesenden die Peinlichkeit erspart, im Möbelhaus und im Seminar. Und was soll daran falsch sein? Ihr seid doch so für Rücksichtnahme?

Ja klar, Frau Rischer, aber doch bitte nicht auf die Falschen!

Na, dann sagt ihr mir doch ein für alle Mal, auf wen man Rücksicht nehmen muss!, Rischer stapft mit dem Fuß auf, sagt ihr mir doch, welche Maßstäbe noch gelten, ich blicke nicht mehr durch, ihr textet mich voll, dabei sollt ihr mir sagen, wie's ist, ihr seid doch meine Faktenchecker*innen, muss ich, nur weil ich Kinder kriegen darf, jetzt allen Studierenden mindestens eine Zwei Komma Drei geben? Ist der einzige Standard, den wir noch haben, die maximale Selbstverwirklichung des Individuums? Und die Rücksicht auf die fragilen Identitäten, die dabei herauskommen?

Selbstverwirklichung? Dieses Wort schmeckt vielen von uns nicht, klingt es doch, als wäre das Einfordern von Grundrechten wie dem Kinderkriegen und Studieren ein kapriziöses Verlangen von Sonderrechten –

Ja, Rischer gibt das ja zu, räumt das ja ein, aber muss wirklich jedem alles möglich gemacht werden? Muss auf jede Einschränkung und jede Besonderheit und jede Verletzlichkeit und jede Empfindlichkeit Rücksicht genommen werden?

An den Gitarrengott aus dem Seitenflügel!
Auch ich finde Gitarrensoli cool, besonders das von Jimi Hendrix im Dylan-Song »All Along the Watchtower«, das du ja immer wieder übst und schon richtig gut draufhast! Allerdings wäre es nett, wenn du nach Mitternacht vielleicht nicht mehr elektrisch verstärkt spielen würdest, oder vielleicht nach ein Uhr, zumindest vor Werktagen im Semester, oder wenn du vielleicht das Fenster schließen könntest oder aber Kopfhörer benutzen. Bei deren Anschaffung würde ich dich auch gerne unterstützen, falls du gerade knapp bei Kasse bist.

Liebe Grüße von einer schlafbedürftigen Mitbewohnerin

Rischer erschlafft auf ihrem S-Bahn-Sitz. Ja, diesen Zettel hat sie vor einigen Wochen geschrieben und im Hausflur aufgehängt.

Im Prinzip handelt es sich dabei weniger um eine Beschwerde als um eine Entschuldigung für Ihre Beschwerde, oder, Frau Rischer?

Tja, da seht ihr's, murmelt Rischer.

Die Nachbarstochter

Der Wisch hing bei uns im Treppenhaus und war wirklich voll peinlich. Daneben hat dann der Muskelmann aus dem Vorderhaus noch einen Zettel geklebt, auf dem stand: »Ab Mitternacht Ruhe, oder ich komme vorbei!« Ich weiß nicht, was ich cringer finde.

> **Der Ehemann des Autors**
> Den Zettel habe ich doch nur aufgehängt, weil Anton sich nicht getraut hat, den Gitarristen direkt anzusprechen.

Da seht ihr's, wiederholt Rischer mir rauer Stimme, es hat sich alles verschoben, nicht der Gitarrist muss auf meine Nachtruhe Rücksicht nehmen, sondern ich muss Rücksicht darauf nehmen, dass meine Bitte um Ruhe seine persönliche Freiheit beschneiden könnte, nicht der Platz-durch-Tasche-Besetzer muss sich schämen, dass er jemandem den Sitzplatz wegnimmt, sondern die Person, die darum bittet, den Platz freizumachen, muss sich unwohl dabei fühlen, eine solche Forderung zu stellen, nicht den Studierenden muss es unangenehm sein, dass sie schlechte Leistungen bringen, sondern mir, dass ich sie entsprechend bewerte – und ich muss mich hier dafür rechtfertigen, dass ich aus Höflichkeit der Härtegrad-Drei-Verkäuferin keinen Vortrag gehalten habe, da stimmt doch was nicht mehr, da hat sich doch alles verschoben, sodass –

Sodass man demnächst auch seine Katze heiraten kann!, ruft jemand.

Entschuldigen Sie, Frau Rischer, das war nur eine einzige Stimme, nicht der Rede wert, wir werden diese Person sofort entfernen –

Aber Rischer reagiert gar nicht, wie sehr hat es ihr wehgetan, wenn die Ehe für alle so kommentiert wurde – doch steckt hinter solchen Äußerungen nicht exakt die Rischer wohlbekannte Angst, dass alle Standards aufgegeben werden könnten? Wie groß ist der rhetorische Unterschied zwischen heiratenden Katzen und studierenden

Elefanten? Will Rischer gesellschaftlichen Wandel nur dort, wo er ihr nutzt? Und alles andere soll bitte schön so bleiben, wie es ist?

Rischer schüttelt unwillig den Kopf, natürlich bin ich für Veränderung, positive Veränderung, die finde ich ganz großartig, aber kann wirklich alles über Rücksicht gelöst werden? Sind Regeln nicht manchmal praktischer? Wenn einfach klar ist, dass man nur für eine gute Leistung auch eine gute Note bekommt, wenn einfach klar ist, dass man ausreichend Deutsch können muss, um auf Deutsch zu studieren, wenn einfach klar ist, dass man nach zehn Uhr nicht verstärkt Gitarre spielt, wenn einfach klar ist, dass man seinen Müll nicht auf die Straße stellt, ob mit oder ohne *Zu verschenken*-Schild – dann muss ich nicht grübeln, ob ein Studierender eine 2,7 verkraften kann, dann muss der Gitarrist aus dem Seitenflügel sich gar nicht erst in die anderen hineinversetzen, um darauf zu kommen, dass er besser unverstärkt spielt, dann müssen die großzügigen Großstadtbewohner gar nicht überlegen, ob ein verschimmelter Kühlschrank ein gutes Geschenk ist. Ist das nicht entlastend? Ist es nicht viel zu anstrengend, alles auf die Beziehungsebene zu schieben? Rischer verstummt, zugegeben, es waren nicht nur die Dann-heirate-ich-meine-Katze-Kommentare, die sie beim Thema Ehe für alle verletzt haben, es waren auch jene Diskutanten, die ihr ganz sachlich darlegten, warum eine gleichgeschlechtliche Beziehung nun mal keine richtige Familie sein kann oder warum Homosexuelle gar nicht so wild sein sollten auf eine so spießige Institution wie die Ehe, sogar enge Freunde haben ihr das auseinandergesetzt, so als müsste Rischer das doch auch sehen können, als fehlte ihr nur die Einsicht, ja, das Ressentiment gibt sich gerne als Sachargument aus, denkt Rischer, und vielleicht kann es auch gar keine Sachebene geben, wenn man selbst mit drinsteckt, beim Gitarrespielen geht es ja noch, aber bei sensibleren Themen fühlt sich die Sachebene erzwungen an, ist immer grausam, ist immer zynisch den Betroffenen gegenüber – aber andererseits muss es doch eine Ebene geben, auf der jenseits von Gefühlen verhandelt wird, auf der überhaupt erst mal festgelegt wird, wofür Rücksicht eingefordert werden kann, Rücksicht auf wen, Rücksicht auf was, sonst, sonst, sonst, sonst –

Rischer schaut hoch, ja, Sie haben richtig gespürt, Frau Rischer, es ruhen wieder einige Blicke auf Ihnen, die S-Bahn hat gehalten, neue Fahrgäste sind eingestiegen, und damit auch neue Leute, die sich fragen: Wie kann diese unverschämte Person in einer so vollen Bahn gleich drei ganze Sitze für ihre verdammten Tüten beanspruchen?

Rischer führt wieder ihre Blick-Routine durch, schaut auf die Tüten (zwei tragen die verblichene Aufschrift *Penny*, die beiden anderen den Schriftzug der seit Jahren nicht mehr existenten Berliner Supermarktkette *Bolle*). Sind da tatsächlich Einkäufe drin, fragt Rischer sich plötzlich, schnuppert, oder die Habseligkeiten von jemandem oder Leichenteile oder ein Sprengsatz – und wer hat sie hier abgestellt? Rischers soeben noch bloß demonstrativ über die Fahrgäste schweifender Blick wird mit dieser neuen Fragestellung sehr viel authentischer, denn sie hält nun wirklich Ausschau nach möglichen Obdachlosen / Mördern / Incels / Islamisten –

Oder Rechtsradikalen, ruft Rischer rein, ja, wahrscheinlich ist der Tütenbesitzer ein Nazi, *Bolle* klingt so rückwärtsgewandt, aber vielleicht ist genau das Tarnung, und es ist ein Linksradikaler, wobei natürlich auch Islamisten eine *Bolle*-Tüte haben können, warum sollten die keine *Bolle*-Tüte haben, etwa nur, weil sie vielleicht noch nicht so lange hier sind? Das bedeutet ja nichts, die Rechtsradikalen kommen ja vielleicht ebenfalls von außerhalb, aus Brandenburg zum Beispiel, bestimmt sogar, und die Linksradikalen sind doch eh alle aus Westdeutschland (ja, Rischer ist lange genug in Berlin, um *Westdeutschland* zu sagen, allerdings im vollsten Bewusstsein der Verwendung dieses Ausdrucks und einer leisen Freude über ihr Berliner*innentum), nur weil man noch nicht so lange hier ist, hat man ja trotzdem das Recht auf eine *Bolle*-Tüte, jeder hat das Recht auf eine *Bolle*-Tüte, und je*de* natürlich –

Rischer entdeckt keine möglichen Obdachlosen / Mörder / Incels / Extremisten (unter den Männern jedenfalls, die Frauen scannt Rischer nur auf die Kategorie *obdachlos* hin ab) – sie schärft ihren Blick, versucht, sich nicht durch oberflächliche Eindrücke täuschen zu lassen, durch ein gepflegtes Äußeres, ein ausgeglichenes Lächeln, eine freundliche Aura, weibliches Geschlecht – und erkennt nun in allen Fahrgästen mögliche Mörder*innen oder Extremist*innen.

Ich will nicht sterben, jammert Rischer, ich muss hier raus –

Die S-Bahn hält, die Türen öffnen sich, Rischer lässt vorsorglich noch einmal den Blick über die Tüten und durch den Waggon streifen, steht auf, ruckartig und mit steifen Beinen, rempelt sich so schnell wie möglich durch den vollbesetzten Gang, verschließt die Ohren dabei von innen, um nicht zu hören, wie jemand ruft: He, Sie haben Ihre Tüten vergessen!

Es ruft aber niemand.

Heute um 14:43
Brenshaw@uni-berlin.de
An: Rischer@uni-berlin.de
Betreff: Drittmittelantrag

Liebe Frau Rischer,
wir hatten ja am Rande der Weihnachtsfeier der Fakultät in groben Zügen über die Möglichkeit gesprochen, dass Sie sich unserem Drittmittelantrag zum Thema »Ich-Erzählungen und Identitätskonstruktion in Englischen Alltagsgesprächen« anschließen. Intern sind wir jetzt jedoch zu dem Schluss gekommen, dass eine sprachvergleichende Perspektive Englisch-Deutsch den Rahmen des Projekts sprengen würde. Auch ist unser Antrag schon weit fortgeschritten, sodass es vermutlich zeitlich schwierig werden würde, noch einzusteigen.

Ich hoffe sehr, dass sich in Zukunft noch eine Gelegenheit zur Zusammenarbeit ergibt.

Mit freundlichen Grüßen, Ihr
Matthew Brenshaw

PS: Leider kann ich auch Ihre freundliche Einladung zu der Party am Samstagabend nicht annehmen – der Antrag drängt, wie gesagt.

Prof. Dr. Matthew Brenshaw
Professur für Soziolinguistik der Englischen Sprache
Universität Berlin
Institut für Anglistik und Amerikanistik

Heute um 14:42
Haspert@uni-berlin.de
An: Rischer@uni-berlin.de
Betreff: Party am Samstag

Liebe Nora,
leider kann ich Samstagabend jetzt doch nicht zu eurer Party kommen, ich sitze an einem Artikel und brauche jede Minute. Ich wünsche euch viel Spaß!

Herzliche Grüße von Wiebke

Dr. Wiebke Haspert
Neuere französische Literatur
Institut für Romanistik
Universität Berlin

Kann das Zufall sein, Frau Rischer?

Rischer steht auf dem Bahnsteig, schaut betroffen auf ihr Telefon und lässt die Menschen an sich vorbeiströmen. Sind diese beiden Absagen Zufall? Oder ist Rischer bereits Persona non grata, ausgestoßen, gebrandmarkt, Rischer schaut hoch, bin ich schon in Verruf? – aber niemand scheint auf Rischer zu achten. Oder doch? Hat die junge Frau mit den kurzen blonden Haaren sich nicht gerade im Vorbeigehen zu Rischer umgedreht? Rischer kennt sie aus einem ihrer Seminare des letzten Semesters – was will sie jetzt von Rischer, will sie Rischer auschecken, feststellen, ob die schlimmen Gerüchte über Rischer wahr sein können?

Die Studierende blickt sich schon wieder um, dabei ist

sie doch schon längst an Rischer vorbei, »Hallo, Frau Rischer!«, ruft sie, winkt und geht weiter.

»Hallo«, erwidert Rischer leise.

Frau Duwenkotte, ehemalige Musik- und Deutschlehrerin Rischers

Über Nora kann ich eigentlich nur Gutes berichten. Ich kannte sie schon ab der fünften Klasse, da saß sie in meinem Musikunterricht. Sie hatte was sehr Eifriges an sich, wollte immer unbedingt alles richtig machen, war allerdings leider ziemlich unmusikalisch. Wenn aber mal ein englischer Songtext zu übersetzen war – ich habe mit den Kindern viel Beatles gehört, Cat Stevens und David Bowie –, da hat sie sich hervorgetan. Dann haben ihre Wangen richtig geglüht vor Stolz. Nora hat auch im Unterstufenchor gesungen, den habe ich damals geleitet. Ihre beste Freundin Elif war drin, deshalb wollte Nora unbedingt ebenfalls mitmachen. Tja, Elif konnte allerdings singen! Nora weniger. Als Nora das erste Mal vorgesungen hat, da bin ich fast aus den Latschen gekippt. Nicht nur, dass da kaum ein Ton gestimmt hat – Nora schien auch das Konzept Singen gar nicht so ganz erfasst zu haben. Das war mehr Sprechgesang. Und das Zwerchfell saß fest, das hat man deutlich gehört, ganz fest, das war ein Gequetsche sondergleichen. Natürlich habe ich sie trotzdem in den Chor gelassen, das kann man ja so einem kleinen Mädchen nicht antun, zu sagen: Du kommst hier nicht rein! Sowas sitzt hinterher ein Leben lang fest, diese Überzeugung: Ich kann nicht singen.

Wobei das in Noras Fall ja sogar stimmen würde.

Ich hatte Nora zunächst in die zweite Stimme gesteckt, aber Elif sang in der ersten Stimme, und da sind die beiden ganz schüchtern zu mir gekommen: Ob Nora nicht auch in die erste Stimme dürfe. Okay, hab ich gesagt – darauf kam es auch schon nicht mehr an. Beim Unterstufenchor wird es allgemein nicht so genau genommen. Und Elif und Nora zu trennen, das hat auch von den Kolleginnen und Kollegen eigentlich nie jemand gewagt. Das gab ein paarmal Tränen, und danach war klar, ob Chor oder Partnerarbeit oder Doppelstockbett auf Klassenfahrt: Elif und Nora gehören zusammen.

Ich hatte dann jahrelang mit Nora nichts zu tun, ab der siebten unterrichtete mein Kollege die Klasse in Musik. Ein sehr strenger Typ, keine Ahnung, wie Nora bei dem durchgekommen ist.

Und als ich Nora und Elif dann mal bewusst wiedergesehen habe, also nicht nur auf dem Flur in der Schule, sondern richtig getroffen – da müssen sie so sechzehn oder siebzehn gewesen sein. Ich ging damals schon seit Jahrzehnten gerne ins Hexenhäuschen, das ist eine linksalternative Kneipe ziemlich weit außerhalb, aber sogar mit Tanzfläche, ein wirklich toller Schuppen. Und eines Freitagabends tauchten da doch glatt Elif und Nora auf! Beide ganz existentialistisch schwarz gekleidet. Wir haben uns kurz zugenickt, mehr nicht, die beiden wirkten etwas betreten, verständlich, wer trifft schon gerne abends beim Ausgehen eine Lehrerin? Nach der Begrüßung habe ich schön in meinen Rotwein geschaut und so getan, als wäre ich gar nicht da.

Und dann hab ich die beiden tanzen sehen. Es war unglaublich: Nora wirkte plötzlich gar nicht mehr so arhythmisch, ganz im Gegenteil, wie die miteinander getanzt haben, das hätte man als Performance auf die Bühne bringen können. Titel: Love and Lust. Oder so. Aber das haben die beiden, glaube ich, selbst gar nicht gecheckt. Für Elif war das sicher besser so, das hätte ihre Familie ja wahrscheinlich gar nicht akzeptiert.

Etwas später, in der zwölf, waren Nora und Elif bei mir im Deutschgrundkurs, beziehungsweise habe ich den Grundkurs von einer älteren Kollegin übernommen, die pensioniert wurde. Das war so eine vertrocknete alte Schachtel, sehr konservativ, die hat mit dem Kurs viel zu viel Grammatik gemacht, die lebt heute sicher auch schon gar nicht mehr – und um den Laden mal ein bisschen aufzumischen, habe ich in meiner ersten Stunde verkündet: Allen, die bei Frau Tassler auf Eins standen, trage ich jetzt erst mal eine Drei ein. Weil ich vorurteilsfrei an die Sache rangehen will. Das gab vielleicht ein Theater, Nora und Elif waren ganz vorne mit dabei unter den Meckerliesen, die standen nämlich beide bei Frau Tassler auf Eins. Aber ich bin dabei geblieben. Verlasst euch doch auf euch selbst, habe ich ihnen geraten, wartet ein bisschen ab, wenn ihr wirklich so gut seid, steht ihr doch bei mir auch ganz schnell wieder auf eurer Eins!

Elif konnte das aber einfach nicht auf sich beruhen lassen, die hat mich richtig genervt damit. Nora war ja schon eine üble Streberin, aber Elif war noch viel schlimmer. Leistung, Leistung, Leistung. Als dann der Sprechtag anstand, wollte Elif unbedingt zu mir kommen, um die Sache mit der Drei noch mal zu besprechen. Nun war es aber so: Ich hatte an dem Tag schon was anderes vor, ich hatte gar nicht damit gerechnet, dass jemand Redebedarf haben könnte – die Schülerinnen und Schüler der Oberstufe machen diesen Tag ja auch ganz gerne frei. Aber Elif wollte nun partout meine Sprechstunde besuchen, sie hat nicht lockergelassen, mir war klar, der Tag ist versaut, und dann habe ich schließlich gesagt: »Na schön, Elif, dann kommen Sie eben vorbei – aber bringen Sie bitte nicht Ihre dreizehn Cousins mit!«

Das war als Witz gemeint! Das war versöhnlich gemeint! Aber Elif hat das nicht verstanden. Und der Rest des Kurses wohl auch nicht. Es herrschte eisige Stille.

Dann – und da hat Nora wirklich das richtige Gespür bewiesen –, dann hat Nora gelacht. Und ich konnte mitlachen. So hat sich diese Situation ganz schnell in Nichts aufgelöst.

23.

Rischer schließt die Augen, das ist keine gute Idee, Frau Rischer, Sie müssen doch etwas sehen hier auf der Rolltreppe, Rischer hört nicht, ihr Lachen damals, sie spürt es noch im Hals, spürt, wie es herauskam, bevor sie es festhalten konnte, zwei durch die Nase gepustete Lachsilben waren es, leider nicht tonlos geschnauft, also nicht missbilligend geschnauft, sondern leise, stimmhaft gelacht, affirmativ gelacht, und es stimmt ja: Rischer wollte so die Situation retten, die Peinlichkeit überspielen. Rischer öffnet die Augen, gerade rechtzeitig, sie ist oben angekommen, macht den Schritt von der Rolltreppe und setzt ihren Weg langsam fort.

Oder wollte Rischer sich schlicht bei Frau Duwenkotte einschleimen?, wird unter uns gefragt, wollte sie von der Drei herunterkommen, auf die Frau Duwenkotte sie gesetzt hatte?

Einigen reicht es jetzt, sie klinken sich aus, können Rischers Verhalten nicht tolerieren, wollen einer solchen Person nicht länger eine Plattform bieten, einer Person, die keinen Anstand hat, der das eigene Vorankommen wichtiger ist als das Eintreten für die Rechte von Minderheiten.

Aber Elif war doch keine Minderheit, protestiert Rischer und läuft vor dem S-Bahnhof bei Rot über die Straße, Elif war – Elif eben, und nein, nein, nein, so war das auf gar keinen Fall, da ist Rischer sicher, ich wollte mich mit dem Lachen nicht bei Frau Duwenkotte einschleimen, ich wollte nur die Situation beruhigen und –

Rajid

Mir fällt gerade noch eine andere Situation mit Nora ein – na ja, ehrlich gesagt ist mir diese Situation gleich als erstes eingefallen, aber ich verdränge das Ganze gerne, weil ich auch keine besonders gute Figur dabei gemacht habe.

Nora und ich waren in der Oberstufe beide Redaktionsmitglieder bei unserer Schülerzeitung. *Fies & vorlaut* hieß die – waren wir aber gar nicht. Also: fies oder vorlaut. Und besonders nicht in der Sache mit den dreizehn Cousins. Ich muss dazu sagen, dass ich nicht in dem Deutsch-Grundkurs war, in dem Elif das passiert ist, ich kannte die Situation mit Frau Duwenkotte also nur aus den Berichten der anderen. Von unserer Redaktion war nur Nora dabei gewesen. Trotzdem hatten wir natürlich alle davon gehört und waren uns schnell einig, dass wir über so einen Vorfall berichten müssen.

Aber dann, als wir in der Redaktionssitzung über die Details gesprochen haben – wir wollten das ganz groß aufmachen, mit Aussagen von Augenzeugen und so – da kamen Nora plötzlich Zweifel. So schlimm wäre das doch auch wieder nicht gewesen, sagte sie, und Frau Duwenkotte hätte das ja als Witz gemeint, und Elif wäre es lieber, wenn da keine große Sache draus gemacht würde. Weil Nora und Elif so enge Freundinnen waren, haben wir diese Aussage alle einfach so hingenommen, ich verstehe im Nachhinein gar nicht, warum niemand darauf bestanden hat, mit Elif selbst zu sprechen. Vielleicht waren wir insgeheim erleichtert, dass Nora uns einen Vorwand gegeben hat, die Geschichte fallen zu lassen. Viele von uns standen damals kurz vor dem Abitur, wir mussten damit rechnen, in Deutsch von Frau Duwenkotte geprüft zu werden. Na ja, und dann kam auch noch hinzu, dass wir gegen Frau Duwenkotte vermutlich eine Art Beißhemmung hatten. Sie galt als links, als alternativ, als witzig, als cool. Ausgerechnet diese Lehrerin jetzt einer rassistischen Beleidigung zu beschuldigen – das hätte sich so angefühlt, als schneide man sich ins eigene Fleisch.

Und so haben wir die Sache stillschweigend begraben.

Rischer marschiert weiter, wird immer schneller, schwitzt in ihrem Daunenmantel, rennt fast – ich muss in den Institutsrat, schnauft Rischer, sonst verpasse ich den Tagesordnungspunkt *Sonstiges*, Tagesordnungspunkte, die gab es auf den Redaktionssitzungen auch, Rajid hat das alles sehr professionell aufgezogen damals, er hatte in der zehnten ein Praktikum bei einer Lokalzeitung gemacht und wusste, wie das geht, Rischer läuft im Sturmschritt weiter, und es stimmt, sagt Rischer leise, es stimmt, ich wollte Elif schützen.

Oder wollten sie Frau Duwenkotte schützen, Frau Rischer?

Frau Duwenkotte vielleicht auch, gibt Rischer zu, ja, als die anderen in der Redaktionssitzung über die möglichen Schlagzeilen gesprochen haben, *Duwenkottes dreizehnter Cousin* und so, da stand mir plötzlich vor Augen, wie Frau Duwenkotte im Hexenhäuschen ganz allein bei ihrem Rotwein saß, wie traurig und alt und verlassen sie da wirkte, und –

Oder wollte Rischer sich selbst schützen? Der Artikel hätte die dreizehn Cousins noch einmal ins Gespräch gebracht – und vielleicht auch Rischers Reaktion, Rischers Lachen.

Ja, ja, kann sein, Rischer gibt auch dies zu, sie spürt etwas auf ihren Schultern lasten, verlangsamt ihren Schritt, aber ich hatte eben auch wirklich so ein diffuses Gefühl, dass Elif eine solchen Skandal gar nicht möchte. Ich habe nie wieder mit Elif darüber gesprochen, wird Rischer klar, ich weiß bis heute nicht, ob sie sich den Artikel gewünscht hätte, vielleicht sollte ich sie jetzt noch danach fragen, überlegt Rischer und spürt trotz des unangenehmen Anlasses eine gewisse Freude über diesen Vorwand, Elif zu kontaktieren, ja, am besten rufe ich sie jetzt gleich einfach an, beschließt Rischer, sie hält das Telefon schon in der Hand. Das Telefon vibriert.

Rischer bleibt stehen.

Heute, 15:05, Nachricht von Nico
Hallo Süße, hier läuft der AB über, melde dich mal bitte, jede Menge Journalistinnen wollen dich sprechen und noch mal diese Zoe Müller. Ist alles in Ordnung bei dir?

Heute um 15:05
Zoe.Mueller@uni-berlin.de
An: Rischer@uni-berlin.de
Betreff: Meine Referatsnote

Liebe Frau Rischer,

haben Sie meine Mail bezüglich meiner Referatsnote erhalten? Es wäre nett, wenn Sie mir zeitnah Bescheid geben könnten, ob Sie die Note heraufsetzen werden. Wie gesagt, sage ich in der Sache mit den chinesischen Studierenden gerne für Sie aus.

Liebe Grüße
Zoe Müller

Heute um 15:05
hollerbruch@uni-berlin.de
An: Rischer@uni-berlin.de
Betreff: Institutsrat – Wo sind Sie?

Liebe Frau Rischer,
wo sind Sie? Sie verpassen hier im IR ein Spektakel sondergleichen. Die Leutchen vom AStA fordern, dass die Geschäftsführung uns alle einzeln befragt, um den Rassisten in unserer Mitte zu überführen. Die Studierenden würden sich an unserem Institut sonst »nicht mehr sicher« fühlen. Die Armen! Dem Kollegen Baldauf stehen schon die Schweißperlen auf der Stirn.

Beeilen Sie sich, noch gibt es was zu erleben!
Mit defätistischen, ach nein, natürlich:
Mit lieben Grüßen!
Ihr
Joachim Hollerbruch

Ermittlungen? Rischer friert, die verschwitzte Kleidung klebt ihr am Leib, nie, nie hätte sie damit gerechnet, dass sie einmal zum Ziel von Ermittlungen werden würde, und nie hätte sie sich träumen lassen, dass sie einmal von Leuten wie Hollerbruch für eine Verbündete gehalten werden würde, wie konnte es so weit kommen, fragt Rischer sich, der Druck auf Rischers Schultern wird stärker, viel stärker, so schwer ist Ihr Notebookrucksack doch gar nicht, Frau Rischer?

Na ja, es ist der Laptop drin und das Skript für das Seminar, und –

Heute um 15:07
hollerbruch@uni-berlin.de
An: Rischer@uni-berlin.de
Betreff: Institutsrat – Wo sind Sie? *PS*

PS: Kommen Sie schnell, es wird gleich im IR darüber abgestimmt, ob es Ermittlungen geben soll, jede Stimme zählt!

Für einen Moment will Rischer losrennen wie ein verspätetes Schulkind, es noch rechtzeitig in den Institutsrat schaffen, erst jetzt wird ihr klar, dass sie eine Haltestelle zu früh ausgestiegen ist, aber eigentlich – eigentlich ist es gut, wenn ich die Abstimmung verpasse, denkt Rischer und geht langsam weiter, denn ich müsste ja für die Ermittlungen stimmen, um mich vor Baldauf und seinen Verbündeten nicht verdächtig zu machen, und das würde wiederum in den Augen von Hollerbruch und Konsorten gerade Verdacht erregen, weil sie damit rechnen, dass ich dagegen bin, und also nach einem Grund suchen würden, warum ich trotzdem dafür stimme, und natürlich könnten sie darauf kommen, dass ich das tue, um eben bei Baldauf keinen Verdacht zu –

Rischers Rucksack wird so schwer, dass sie glaubt, nach hinten gezogen zu werden.

So viel habe ich doch wirklich nicht reingepackt, denkt Rischer, und warum klappert das denn so beim Gehen? Das klingt fast wie – wie eine Brotdose mit einem sehr alten Marmeladebrot drin?

24.

Brotdose?

Anscheinend sind es gar nicht die Gurte von Rischers Notebookrucksack, die da auf Rischers Schultern drücken, sondern – die Riemen eines Schulranzens? Ja, es handelt sich um die Riemen eines Schulranzens. Rischer befindet sich plötzlich auf dem Weg zur Schule, mit einem türkisfarbenen Ranzen auf dem Rücken. Sie ist elf Jahre alt.

Nein, protestiert Rischer aufgebracht, das stimme nicht, sie sei nicht elf Jahre alt und auf dem Weg zur Schule, sie sei vierundvierzig, und auf dem Weg in die Universität, auf dem sehr langen und anstrengenden Weg zur Universität, wo sie gleich ihr Seminar –

An Rischers Schultern also zerren die Träger ihres türkisfarbenen Tornisters, allgemein *Tonne* genannt.

Stimmt auch nicht, wirft Rischer ein, das mit dem fremden Mann und dem Golfkrieg war in der sechsten Klasse, da hatte ich schon den neongrünen Rucksack.

Das erinnert Rischer falsch. Es trifft zwar zu, dass beim Übergang von der Grundschule in die niedersächsische Orientierungsstufe Noras Mitschüler*innen wie auf ein stummes Stichwort hin ihre Tornister durch neonfarbene Rucksäcke ersetzten. Nora aber brachte dies nicht übers Herz, aus der Sorge heraus, dass der türkisfarbene Tornister sich von ihr verraten fühlen könnte. Obwohl sie ganz genau wusste, dass der Tornister aus Kunststoff war und nichts mitbekam, fühlte sich seine Traurigkeit für sie real genug an, um über sein Verfallsdatum hinaus an ihm festzuhalten, oder besser gesagt: über Noras Verfallsdatum als Grundschülerin hinaus.

Kann sein, gibt Rischer zu, kann sein. Ja, stimmt, den neongrünen Rucksack hatte ich erst in der siebten. Als es gar nicht mehr anders ging.

Die Trageriemen des Tornisters sind gut gepolstert, zerren jedoch an ihren Schultern, denn Nora hat mal wieder versäumt, alle für den anstehenden Schultag unnötigen Bücher und Hefte herauszunehmen.

Schluss jetzt, schimpft Rischer, das ist für die Untersuchung komplett irrelevant! Der fremde Mann und die Anti-Golfkriegsdemo haben nichts mit all dem hier zu tun, aber überhaupt nichts!

Doch irgendwie scheint diese Episode in Rischers Kopf mit unserem Thema verbunden zu sein, sodass wir sie hier einbeziehen wollen, auch wenn ihre Relevanz noch nicht ganz klar ist. Rischer ist in dieser Erinnerung wie gesagt elf Jahre alt –

> **Die Lektorin**
> Das Folgende ohne Triggerwarnung zu erzählen, finde ich unverantwortlich.

Stopp, Moment, Rischer hebt die Hand. Was ist denn, Frau Rischer?

Es kommen psychische Probleme und militärische Konflikte in dieser Erinnerung vor, sagt Rischer leise.

Danke, Frau Rischer, wir empfehlen also denjenigen, für die diese Inhalte verstörend oder belastend sein könnten, den folgenden Abschnitt der Untersuchung nicht mitzuverfolgen.

Rischer hält sich die Ohren zu.

Nicht Sie, Frau Rischer!

Doch nicht nur Rischer wirkt beunruhigt, es werden auch Stimmen laut, denen die Relevanz einer Kindheitserinnerung Rischers nicht einleuchten will, Golfkrieg hin oder her. Wieso, fragen sie, nehmen in einer solchen Untersuchung die Wehwehchen einer privilegierten Person wie Rischer so viel Raum ein? Sollen diese Kindheitserfahrungen etwa zur Rechtfertigung von Rischers Verhalten dienen? Was haben Rischers Erlebnisse zu tun mit dem hier untersuchen Vorfall?

Den Gescheh…, setzt Rischer an, und ja, ist schon klar, Frau Rischer: mit den Geschehnissen. Was also haben Rischers Kindheitserlebnisse zu tun mit den hier untersuchten Geschehnissen? Wir wollen ehrlich sein: Das ist noch nicht klar. Da jedoch die Möglichkeit besteht, dass Rischers Verhalten in der beanstandeten Situation, oder besser gesagt: Rischers beanstandetes Verhalten in der betreffenden Situation – und auch Rischers Umgang mit der Beanstandung – durch eine Kombination aus individuellen und gesellschaftlichen Faktoren bedingt wurde und wird, sollte Rischers Kindheit Berücksichtigung finden.

Na gut, die Relevanzbezweifelnden sind bereit, das mit knirschenden Zähnen und vor der Brust gefalteten Armen zu akzeptieren, erst mal abzuwarten, zu schauen, ob diese Relevanz sich zeigen wird, und – unter Umständen, höchstwahrscheinlich sogar – recht zu behalten.

Vielleicht sollten wir es trotzdem besser lassen, sagt Rischer, denn: Das sind ja nur meine persönlichen Erlebnisse, und ich möchte es jetzt nicht so darstellen, als wäre meine Kindheit irgendwie repräsentativ für irgendwas. Andere haben die frühen 90er sicher ganz anders erlebt.

Danke auch für diesen Hinweis, Frau Rischer, aber Sie

müssen sich keine Sorgen machen. Um ihre Aussagen zu überprüfen und einzuordnen, dafür sind wir ja da. Wir sind divers.

Allerdings sehen wir gerade, dass viele von uns sich tatsächlich zurückgezogen haben, einige zur eigenen Sicherheit, wegen der Triggerwarnung, andere, weil sie Triggerwarnungen grundsätzlich ablehnen, und wieder andere sind nicht mehr dabei, weil die Darstellung einer von den eigenen Erfahrungen abweichenden Kindheit sie verärgern könnte.

Das ist gut und richtig so, denn man muss auf sich achtgeben und auch für uns Verbliebene ist es beruhigend, Rischers Erinnerung betrachten zu können, ohne fürchten zu müssen, dass sich dabei jemand – außer Rischer selbst – unwohl fühlt.

Rischer ist in der betreffenden Erinnerung also elfjährig auf dem Weg zur Schule. Es ist Mitte Dezember, und wenn sie morgens losgeht, dämmert es gerade erst. Um ihre rechte Hand ist die Schlaufe eines farblich zum Ranzen passenden, mit bunten Schmetterlingen verzierten Turnbeutels geschlungen, den sie bei jedem zweiten Schritt mit dem rechten Fuß wegkickt. Das hilft ihr beim Konzentrieren. Sie muss heute besonders aufmerksam sein, denn am Abend vorher hat ihre Mutter ihr mitgeteilt, dass soeben ein Mann verhaftet worden sei, der ein kleines Mädchen angesprochen, mitgenommen und schlimme Dinge mit ihr gemacht habe. Das klang bedrohlich, auch wenn die elfjährige Nora keine Vorstellung davon hatte, was genau diese schlimmen Dinge eigentlich sein sollten.

Ja, man ist naiv gewesen damals, stellt Rischer fest, man hat wirklich gar nichts gewusst. Sie lacht. Meine beste Freundin dachte sogar, man würde beim Sex schlafen, weil es doch heißt: miteinander schlafen. Rischer lacht noch lauter.

Da Rischer ihre eigene Ahnungslosigkeit so darstellt, als gälte sie für eine ganze Generation, soll hier noch hinzugefügt werden: Es gab auch besser unterrichtete Kreise in Rischers Klasse, Mädchen, die sich im Supermarkt trotz des mahnenden Schildes *Lesen verpflichtet zum Kauf* ganze Stunden lang vor das Zeitschriftenregal knieten und *Bravo, Pop Rocky* und *Bravo Girl* durcharbeiteten, um die so gewonnen Erkenntnisse auf Partys anzuwenden, zu denen Nora und ihre Freundinnen nicht eingeladen wurden.

Genau, die haben uns die Zickenclique genannt, berichtet Rischer, weil wir noch kein Interesse an Klamotten und Makeup hatten, weil wir in unseren blauen oder grünen Cordhosen einfach nicht mädchenhaft genug waren. Und als Rischer dann einmal alles richtig machen wollte, Rischer lächelt, und in der Bastelgruppe des Jugendfreizeitheims ein Armband aus Perlen in hellrosa, hellgelb und hellblau flocht – da habe die Sozialpädagogin völlig entsetzt ausgerufen: Bäh, was sind das denn für Mädchenfarben? Rischer spricht schnell – tja, wie man's gemacht hat, war es falsch – Rischer lacht schon wieder, beinahe hysterisch, und wir wissen auch warum: Sie erzählt das alles nur, weil sie weiß, dass wir jetzt zum *Abrollen* kommen, und das Abrollen eine sehr ambivalente Erinnerung ist.

Wieso ambivalent? Wenn meine Mutter verreist war, habe ich morgens meinen Vater abgerollt, erklärt Rischer und schaut auf ihren Atem, der sich weiß in die kalte Luft legt, das ist doch nichts Schlimmes, das hat halt sonst meine Mutter gemacht.

Abgerollt?, fragen viele beunruhigt. Mit einer Faszienrolle?

Unsinn, Rischer winkt ab, Faszien gab es doch damals noch gar nicht.

Zum Abrollen stellte der Vater sich, fertig für die Arbeit, im Mantel auf den Flur, und Nora entfernte mit der Flusenrolle alle Flusen, Haare und Schuppen, die jeder Mantel des Vaters wie magisch anzog. Nora mochte und fürchtete diese Aufgabe. Es war seltsam, fast peinlich, den robusten Körper des Vaters unter der Rolle zu spüren, zugleich genoss sie diese seltene körperliche Nähe. Wie die Mutter fing Nora oben an, musste dazu auf einen Hocker steigen, und arbeitete sich dann gewissenhaft nach unten. Das Abrollen erschien ihr wie eine Zähmung, es erinnerte sie an das Striegeln des Fells eines Bären, der auf diese Weise so weit besänftigt werden sollte, dass man ihn auf die Menschheit loslassen konnte. »Danke«, sagte der Vater, wenn sie fertig war, und je nach Klang des *Danke* versuchte Nora einzuschätzen, ob die Zähmung geglückt war.

An diesem Morgen glückte sie nicht. »Danke, tschüss«, sagte der Vater kurz und flach. Nora wagte es nicht, ihn daran zu erinnern, dass er sie mit dem Auto an der Schule absetzen sollte.

Sie ging zu Fuß. Dabei war sie bemüht, auf sich aufzupassen, nicht nur wegen ihrer eigenen Angst vor den fremden Männern, sondern auch aus einem Gefühl der Verpflichtung ihrer Mutter gegenüber. Noras Handeln wurde stets von einem Bewusstsein geleitet, das sie nicht hätte erklären können, denn es war eher ein Gefühl als ein Gedanke: Die Gewissheit, dass Nora sich nicht ganz selbst gehörte, dass sie sich nur kurz bei ihrer Mutter ausgeborgt hatte und sich später wieder intakt zu Hause abliefern musste. Das ließ Nora vorsichtiger und ängstlicher agieren als ihre Altersgenossinnen – ja, Frau Rischer?

Das klingt jetzt so negativ, sagt Rischer, dabei hat mir dieses Gefühl auch eine große Wichtigkeit gegeben. Dass ich für meine Mutter so unersetzlich war, das hat mich sehr selbstbewusst gemacht. In einem Alter, wo andere nur herumspielen, hatte ich schon eine Mission: Mich für Mama zu erhalten, ihr nicht wehzutun, immer für sie da zu sein. Und vernünftig zu sein. Das ist doch nichts Schlimmes. Ich wusste immer, dass ich wertvoll bin.

Die psychologisch Bewanderten unter uns – also alle – schreien auf, einige stöhnen, hauen sich die offene Hand vor die Stirn, merkste selber, ne?, rufen andere – doch wir wollen nicht zu weit abschweifen von der elfjährigen Nora auf ihrem Weg zur Schule.

Rischer nickt schnell, ja, ja, es ist sicher besser, beim Thema Schulweg zu bleiben. Damals war es genauso kalt wie heute.

Nora schleppte also ihren zu schweren Tornister durch die Kälte, kickte mit dem Fuß den Turnbeutel vor sich her und hörte dabei in ihrem Kopf eine Stimme, die ihren Weg im Tonfall des Sprechers der Fernsehsendung *Aktenzeichen XY … ungelöst* kommentierte – *Noras Schulweg ist ein geteilter Fußgänger- und Fahrradweg, der an einer stark befahrenen Straße entlang führt* – denn Nora hatte die Angewohnheit, sich ihr Erleben live von einer Erzählstimme berichten zu lassen, die je nach Situation und ihrer aktuellen Lese- oder Fernsehvorliebe variierte. *Auf der anderen Seite wird der Fußgängerweg von dunklen Tannenbäumen begrenzt. Hier sind nie viele Leute unterwegs. Den anderen Passanten hat Nora bisher wenig Aufmerk-*

samkeit geschenkt. An diesem Morgen jedoch achtet sie besonders auf fremde Männer. (Unheil ankündigende Musik setzt ein.) Und schon begegnet sie dem ersten fremden Mann. Er sitzt auf einem Rennrad und radelt an Nora vorbei. (Die Musik wird fröhlicher und kippt dann wieder ins Bedrohliche.) Und da ist bereits der zweite fremde Mann. Er nähert sich Nora zu Fuß. Nora sieht ihn schon von Weitem, es ist ein bärtiger Herr in einem himmelblauen, für die Jahreszeit vermutlich viel zu dünnen Mantel. Auf dem Kopf hat er einen Hut. Sein Alter ist schwer zu schätzen. Nora hält den Mann im Blick. Schon erkennt sie, dass er schwarze Haare und passende buschige Augenbrauen hat, eine große eckige Brille trägt, und –

Die Erzählstimme verstummte, denn Nora verbiss sich in den Anblick des Mannes. Er erinnerte sie an ein Bild aus einem damals sehr beliebten Brettspiel, bei dem auf kleine quadratische Pappkarten gedruckte Personen anhand von Merkmalen wie Bart, Brille, Augenbrauen- und Nasenform erkannt werden mussten. Obwohl das Spiel kein Krimi- oder Polizeispiel war, erschienen Nora die Personen auf den Karten immer verdächtig – wenn man sie ausfindig machen musste, hatten sie wohl irgendetwas angestellt. So wie dieser Mann?

Nora reißt sich zusammen, um sich nicht umzudrehen und wegzulaufen, denn das wäre unhöflich, und der Mann ist ja auch schon fast an ihr vor –

Der Mann fing Noras Blick auf und sagte sehr freundlich: »Na?« Nora zuckte zusammen, der Mann ging weiter.

Nora bleibt einen Moment stehen, ihre Knie zittern. Vorsichtig dreht sie sich um. Der Mann setzt seinen Weg mit großen Schritten fort und hat sich schon ein ganzes Stück entfernt.

Nora rannte los in Richtung Schule und kam zitternd, außer Atem und früher als sonst dort an. Da ihre Überpünktlichkeit und ihr Zustand Fragen aufwarfen, erzählte sie den anderen, dass sie auf dem Weg zur Schule von einem fremden Mann angesprochen worden sei, und zwar mit dem Wort »Na?«. Das war eine Sensation, Noras Freundinnen – und sogar die Mädchen, die Nora sonst als Zicke bezeichneten – vermuteten gleich, dass der Mann sie habe mitnehmen und ihr schlimme Dinge antun wollen.

Da die Aufregung sich noch nicht gelegt hatte, als die Mathelehrerin, Frau K., das Klassenzimmer betrat, und Frau K. etwas von Ansprechen und schlimmen Dingen aufschnappte, wurde Nora nach der Mathestunde von ihr befragt. Nora beschrieb, wie der Mann sie angesprochen hatte: »Na?«, und wie er aussah: mittelalt, mit Bart, schwarzen Haaren und Augenbrauen, eckiger Brille und in einem himmelblauen, viel zu dünnen Mantel.

»Südländischer Typ«, notierte Frau K.

Den ganzen Tag war Nora der Star der Klasse, dem ehrfürchtig und rücksichtsvoll begegnet wurde. Frau K. hatte Noras Mutter verständigt, die Nora nach Schulschluss am Nachmittag mit dem Wagen abholte. Auf die Rückbank des roten runden Kleinwagens zu kriechen, das erschien Nora schon normalerweise wie eine Rückkehr in den Mutterbauch, und an diesem Tag war das Gefühl noch stärker.

»Frau K. hat mir schon alles berichtet«, sagte die Mutter, ließ den Wagen an und fuhr los. »Du musst es nicht noch mal erzählen, wenn du nicht willst.« Aber Nora wollte. Sie schilderte ihrer Mutter detailreich und mit geschickt gesetzten Spannungsbögen im Stil des *Aktenzeichen XY-*

Sprechers ihre Begegnung mit dem fremden Mann. Dabei hatte sie ein Gefühl im Magen, für das sie den von den fortgeschritteneren Mädchen aufgeschnappten Ausdruck *Schmetterlinge im Bauch* verwendete. Dieses Gefühl trat bei Nora immer dann auf, wenn sie mit ihrer Mutter in vollkommenem Einklang war, wenn durch eine Bedrohung von außen alle möglichen internen Konflikte auf stumm geschaltet waren. Nora genoss die Schmetterlinge, die sich durch die besorgten Nachfragen der Mutter immer weiter vermehrten: Wie hatte der Mann genau ausgesehen? Wie hatte das *Na?* geklungen? Hatte er Nora dabei angesehen? Wie fühlte Nora sich jetzt? Wie sah der Mann nochmal aus? Nora antwortete eifrig, bis plötzlich – sie fuhren gerade am geschlossenen Freibad vorbei, und Nora stieg reflexhaft ein Gemisch aus scharfem Chlorgeruch und dem Duft von altem Fett in die Nase – bis plötzlich der Wagen ins Stottern geriet und die Mutter fragte: »Südländischer Typ? Was soll das denn heißen?«

Das wusste Nora auch nicht. Sie hatte einfach Frau K.s Formulierung wiederholt.

»Ist ja auch egal«, sagte die Mutter, »ich krieg den blöden Gang nicht rein«, der Wagen stotterte noch stärker, hüpfte beinah, dann endlich gelang es der Mutter, den Gang einzulegen, sie gab Gas, steuerte, blinkte, bedauerte weiter wortreich ihr kleines Schätzchen und schien den südländischen Typ schon wieder vergessen zu haben.

Nicht so Nora. *Ausländer rein, Rheinländer raus*, lief es ihr sinnlos durch den Kopf, *Fremd ist der Fremde nur in der Fremde, Ausländer, lasst uns mit diesen Deutschen nicht allein, Baum ab – nein danke!*

Obwohl die Worte *Südländischer Typ* von Frau K. stammten, fühlte Nora Scham an ihrem Steißbein zerren, rutschte auf ihrem Sitz herum, um das Gefühl zu beseitigen. Doch es zog und zerrte. Dieses zerrende Gefühl, Nora konnte den Gedanken nicht verjagen, so sehr sie sich bemühte, dieses zerrende Gefühl hatte sie im Sommer schon einmal gehabt, in einer Situation, die sie seitdem aus ihrem Gedächtnis zu tilgen versuchte. Die Käse –

Die Käsespießchen? Oh nein, ruft Rischer, bitte nicht die Käsespießchen! Alles, nur nicht die Käsespießchen!

Doch, Frau Rischer, die Käsespießchen.

Frau Schiller, die tatsächlich einen Zopf trug wie Schiller, was bei Frauen aber was anderes ist (laut Papa)

An Nora erinnere sie sich nur schwach, gibt Frau Schiller an. Nora sei noch ein Kind gewesen, vielleicht zehn oder elf, als Frau Schiller in den 90ern eine Zeit lang mit Noras Vater in einem Forschungsprojekt zusammengearbeitet habe. Sie selbst sei damals Anfang Vierzig gewesen. Zu Kindern habe sie nie einen besonders guten Draht gehabt, räumt Frau Schiller ein, sie nehme Kinder eigentlich nur am Rande wahr, anders als diese Leute, die sich gleich auf jedes Kind stürzen würden, um zu beweisen, wie unglaublich gut sie mit Kindern könnten. Sie wisse noch, dass Nora lange blonde Haare gehabt habe, oft ein wenig ungekämmt, etwas übergewichtig gewesen sei und mit leicht schwäbischem Einschlag gesprochen habe. Sie habe große neongrüne Ohrringe getragen, sie habe gefallen wollen, das habe man gespürt. Sie habe etwas Eifriges an sich gehabt, etwas, so wörtlich, »fast Serviles«. So sei das auch gewesen, als man bei den Rischers im Kolleg*innenkreis das Achtelfinale der Fußballweltmeisterschaft 1990 angeschaut habe, Niederlande-Deutschland. Es sei eine sehr internationale Runde gewesen, auch Niederländer darunter, Frau Schiller selbst sei allerdings außer Noras Mutter die einzige Frau gewesen. Alle saßen vor diesem, so wörtlich, »winzigen Fernseher«, und Nora habe vorher wohl extra aus einer Packung mit Käsespießen alle diejenigen herausgesucht, an die entweder eine kleine niederländische oder deutsche Fahne geklebt gewesen sei. Damit sei sie dann herumgegangen und habe jedem die Fahnen angeboten: Deutschland oder Niederlande. Allen deutschen Kolleg*innen – und also auch Frau Schiller – habe Nora automatisch eine deutsche Fahne hingehalten, sie habe gar nicht nachgefragt, dabei hätte Frau Schiller, so wörtlich »doch auch für Holland« sein können. Sie habe die deutsche Fahne entschieden abgewehrt. Mit Nationalismus könne sie nämlich nichts anfangen.

Rischer schüttelt stumm den Kopf, so als wäre sie mit der Aussage Frau Schillers nicht einverstanden.

Auch einige von uns schütteln die Köpfe, sie sehen das anders: Rischer schüttelt nicht *über* Frau Schiller den Kopf, sondern *wie* Frau Schiller.

Rischer schüttelt ihren Kopf weiter, langsam, ablehnend. Mit Nationalismus kann ich nämlich nichts anfangen, sagt Rischer.

Das hat Frau Schiller damals nicht ausgesprochen, das musste sie auch nicht, Nora verstand auch so, warum sie das deutsche Fähnchen ablehnte. Es war Nora unglaublich peinlich, vor Frau Schiller nun als Nationalistin dazustehen. Sie verfolgte das Spiel in einer Art Trance, gelähmt von der Scham, die an ihrem Steißbein zerrte.

Wenn ich es mir recht überlege, sagt Rischer, bin ich damals zum ersten Mal in den *These Boots Are Made For Walkin'*-Zustand geraten.

Ja? Wirklich? Das können viele von uns nicht glauben (also den Zustand schon, den Grund aber nicht) – kann Nora wirklich mit elf Jahren verstanden haben, warum Frau Schiller die Fahne nicht annehmen wollte? War die Scham, die sie spürte, nicht vielmehr eine Reaktion auf die ganz allgemeine Abfuhr, die Nora in diesem Moment erhielt? Und erst später, als Erwachsene, kam die Erkenntnis hinzu, warum Frau Schiller die Fahne nicht annahm? Und schrieb sich in die Erinnerung ein, sodass Rischer heute glaubt, sich damals ihres Nationalismus geschämt zu haben?

Nee, rufen andere, natürlich kann Rischer auch mit zehn Jahren gespürt haben, dass es hier nicht nur um Käsespießchen ging! Die deutsche Fahne war ja richtiggehend tabuisiert damals, und die Hymne sowieso, beim Fußball sollte man am besten einfach gegen Deutschland sein, das wäre diesen ganzen linken Lehrern und Sozialarbeitern und Journalisten das Liebste gewesen, die haben sich doch geradezu gefreut, als Rijkaard Völler ins Gesicht gespuckt hat! Die hätten sich gewünscht, dass er ihnen ins Gesicht spuckt!

Der Proktologe des Autors

Stimmt. Erst 2006 war das dann endlich anders. Und erst 2010! Die Deutschlandfahnen an den Autos, manche hatten gleich vier: zwei vorne, zwei hinten! Ich auch, ich habe mir damals nämlich das Autofahnen-Set *Deutschland* geholt, vier Fahnen zum Preis von zwei, nur die Fenster kann man dann nicht mehr aufmachen.

Rischer wird rot, Ruhe!, brüllt Rischer, seid still! Seid still und haut ab! Von solchen Leuten will Rischer nicht verteidigt werden, sie hat ja auch gar nicht behauptet, schon damals den Vorwurf des Nationalismus gespürt zu haben, ja, die anderen werden Recht haben, den habe ich erst später erkannt und dann in die Erinnerung eingebaut, so wird es sein, stellt Rischer fest, und ganz bestimmt möchte ich nicht, dass gewisse Kreise hier meine Käsespießchen für ihre bedenklichen Ziele instrumentalisieren. Also Schluss jetzt!, ruft Rischer wütend.

Auch die elfjährige Nora auf der Rückbank des roten Kleinwagens wurde, während sie weiter den besorgten Nachfragen der Mutter lauschte, immer wütender.

Ja, das stimmt, sagt Rischer, so war es, die Schmetterlinge in ihrem Bauch hätten sich böse Blicke zugeworfen, berichtet Rischer, hätten sich geschubst, sich die Flügel verhakt, sich gegenseitig zermatscht –

Danke, Frau Rischer, wir denken, das Bild ist klargeworden.

Rischer nickt. Okay.

Sie hatte, dachte Nora, ja nur für die Mutter auf sich aufgepasst, ihr selbst wäre der fremde Mann ganz egal gewesen. Und jetzt stellte ausgerechnet die Mutter sie wegen ihrer Wachsamkeit als Ausländerfeindin dar! Nora war bemüht, sich weiter in diese Wut hineinzusteigern, denn gegen die Wut –

Gegen den kämpfenden Schmetterlings-Matsch-Ball, wirft Rischer ein –

Also: Gegen den kämpfenden Schmetterlings-Matsch-Ball drängte ein Gedanke an die Oberfläche, ein Gedanke, den sie den ganzen Schultag schon lauern gefühlt hatte und der sich jetzt nicht mehr unterdrücken ließ: Hatte der

Mann vielleicht nur wegen Noras zu langem Blick *Na?* zu ihr gesagt? Je länger sie darüber nachdachte, desto wahrscheinlicher erschien ihr, dass er sie gar nicht hatte mitnehmen wollen. Dass er sie nicht einmal hatte ansprechen wollen, sondern dass sie selbst das *Na?* mit ihrem Blick eingeladen hatte.

Rischer lächelt gequält. Ja, schon damals scheint Sprache und Interaktion mich beschäftigt zu haben, nur fehlte mir mit elf das Fachvokabular. Richtig formuliert müsste man fragen, was an erster Position stand und damit gesprächsinitiierend war: mein Blick oder sein *Na?*

Rischer lenkt ab, und es ist klar, warum: Nun kommt der wirklich unangenehme Teil.

Die elfjährige Nora ließ dieser Gedanke nämlich nicht los. Während sie zu Hause aus dem Auto stieg, den Turnbeutel in die Ecke schleuderte, den Tornister ablegte, die Schuhe auszog, sich die Ohren zuhielt, um zu dämpfen, wie die Mutter den Vater für sein Versäumnis schimpfte und der Vater daraufhin irgendetwas brüllte, wurde ihr klar, dass sie mit ihrer Aussage einen vermutlich ganz unschuldigen Mann und mit ihm alle Südländer der Stadt in Schwierigkeiten gebracht hatte, dass Frau K. die Beschreibung des Mannes an die Polizei und an alle Eltern weitergeben würde. Nora malte sich aus, wie die Südländer verhaftet, verhört, eingesperrt werden würden, alles nur, weil sie verschwiegen hatte, dass dieses *Na?* des Mannes im himmelblauen Mantel wahrscheinlich nur eine Antwort auf ihren Blick gewesen war.

Rischer schüttelt langsam den Kopf. Das hat mich fertig gemacht, sagt sie, über Wochen konnte ich an nichts anderes denken. Elif hatte in der Zeit Pfeiffersches Drüsenfieber, und ohne sie hatte ich meinen Zweifeln noch weniger entgegenzusetzen. Abgelenkt hat mich dann eigentlich nur der Golfkrieg.

Tatsächlich fand Noras Grübelei vorübergehend Ablenkung im Zweiten Golfkrieg, anlässlich dessen Eskalation sie – aus einem plötzlichen Gefühl allgemeiner historischer Bedeutsamkeit heraus – einen grünen Hefter anlegte, in den sie Zeitungsausschnitte zum Thema klebte. Die Ausschnitte gaben ihr das Gefühl, dass es höhere Themen gab als ihr Verhältnis zu dem fremden Mann, größere Probleme. Sie wurde geradezu süchtig nach Nachrichten und ging immer wieder zum Kiosk, um von ihrem Taschengeld neue Zeitungen zu kaufen. Als der Golfkrieg dann eines Morgens im Januar in der Schule thematisiert wurde, war sie entsprechend gut vorbereitet. Der dicke grüne Hefter steckte schon seit Tagen in ihrem türkisfarbenen Tornister.

Thematisiert ist zu viel gesagt, presst Rischer hervor, es wurde ja gar nicht darüber gesprochen.

Das stimmt. Der Klasse wurde nur mitgeteilt, dass alle Schüler und Lehrer (so sagte man damals noch) an diesem Tag gegen den Golfkrieg demonstrieren wollten und dass die Lehrer und Schüler der nahegelegenen Gesamtschule bald eintreffen würden, um dann mit ihnen zusammen die Schüler und Lehrer der Schulen stadteinwärts »einzusammeln«. Schließlich würden sie dann gemeinsam mit den Studenten (auch so sagte man damals noch) die Autobahn »lahmlegen«. In der Wartezeit sollten die Kinder auf Pappen, die Frau Duwenkotte extra mitgebracht hatte, in roter Farbe *Kein Blut für Öl!* schreiben und sie sich mit, ebenfalls von Frau Duwenkotte gestellten, Wollfäden um die Hälse hängen.

Beim Pinseln der Plakate geriet Nora, wie alle in der Klasse, in einen Zustand der Euphorie. Es war nicht nur, dass Mathe *und* Bio *und* Sport ausfielen, es war auch die wunderbare Gewissheit, das Richtige zu tun, auf der richtigen Seite zu stehen, dummen Amerikanern, die das Falsche taten, »die Meinung zu geigen«, wie Frau Duwenkotte es formulierte. Noras Klasse, deren Atmosphäre sonst von Hänseleien und kleineren Gewaltakten geprägt war, stellte sich mit den fertigen Transparenten in nie dagewesener Geschlossenheit vor der Schule auf. Selbst die Mädchen, von denen Nora und ihre Freundinnen sonst als Zicken beschimpft wurden, wirkten plötzlich harmlos und gut. Und Nora musste es zugeben: Diese Mädchen waren zwar nicht sehr nett, diese Mädchen hatten ihrer Freundin Anke noch vorige Woche auf der Eisbahn mit dem Schlittschuh in den Hintern getreten – aber so böse wie diese Kriegstreiber waren sie nicht.

Als der Demonstrationszug sich schließlich in der kalten, klaren Winterluft in Bewegung setzte, war Noras Bauch komplett erfüllt von den Schmetterlingen, die sie seit Kurzem fürchtete. Nora war mit ihrem linken Arm bei Rajid untergehakt und hatte sich rechts einen Platz an der Seite von Frau Duwenkotte erkämpft. Frau Duwenkotte besaß die Aura – Nora dachte viel über Frau Duwenkotte nach und hatte doch noch keine bessere Formulierung gefunden –, die Aura eines weiblich wirkenden Mannes: groß, blass, hager, distanziert und verletzlich, mit filigranen Gesichtszügen. Sie sah aus wie David Bowie, fand Nora. Frau Duwenkotte schien sich dessen auch selbst bewusst zu sein, denn sie begann jede Musikstunde mit dem gemeinsamen mehrstimmigen Singen des Bowie-Songs *Changes*.

Oder war es umgekehrt, überlegt Rischer. Hat Frau Duwenkotte gar nicht wegen ihrer Ähnlichkeit zu Bowie dieses Lied gewählt? Sondern erinnerte sie mich an Bowie, weil wir in ihrem Unterricht ständig *Changes* gesungen haben?

Fakt ist: Nora war schon seit der ersten Musikstunde in Frau Duwenkotte verknallt. Als Frau Duwenkotte sich nun sogar bei Nora unterhakte, gerieten Noras Schmetterlinge außer Kontrolle. Der Demonstrationszug hatte inzwischen die Autobahn erreicht und Nora roch Frau Duwenkotte neben sich, es war ein erstaunlich banaler Geruch nach Zigarettenrauch, Nivea-Deo und Waschmittel, aber Nora atmete ihn in vollen Zügen ein. Die Schmetterlinge vermehrten sich wie wild, Nora versuchte sie zu beruhigen, doch es war aussichtslos. Und schon verhakten sich die ersten Flügel ineinander, schon schubsten sie sich herum, schon bildeten sich die ersten Klumpen aus Flügeln und Fühlern, und parallel dazu trat bei Nora der Gedanke an den grünen Hefter in ihrem Tornister auf. In dem grünen Hefter, dachte Nora, während sie noch *Kein Blut für Öl!* skandierte, ist alles viel komplizierter. Während sie vollkommen überzeugt war von der allgemeinen Richtigkeit der Aussage *Kein Blut für Öl*, kamen ihr plötzlich Zweifel daran, dass die aktuelle Situation tatsächlich so einfach betrachtet werden konnte.

Das stimmt nicht, ruft Rischer dazwischen, so explizit habe ich das nicht gedacht. Es war eher so, dass der grüne Hefter mich genervt hat, der ist bei jedem Schritt in meinem Ranzen hin- und hergeruckelt, ich bin immer sanfter aufgetreten, damit er sich nicht mehr bewegt, und irgendwie konnte ich auch nicht mehr so laut schreien. Der grüne Hefter hat mir die Kraft genommen. Na ja, und dann fing Frau Duwenkotte ja auch noch an zu singen. Rischer setzt dazu an, die Hände zu den Ohren zu führen, lässt sie dann aber sinken. Offenbar ist sie entschlossen, das Kommende auszuhalten. Sind Sie sicher, Frau Rischer? Ja? Und bereit?

Rischer nickt mutig.

Gut. Frau Duwenkotte fing also an zu singen. Sie sang mit voller Stimme und jeden Ton treffend, denn sie war immerhin Musiklehrerin, zur Melodie von *Hejo, spann den Wagen an*: »Wehrt euch, leistet Widerstand / gegen das Atomkraftwerk im Land. / Schließt euch fest zusammen, schließt euch fest zu-sa-ha-me-hen! Wehrt euch ...« Nora zupfte Frau Duwenkotte an ihrer abgewetzten Lederjacke, um sie darauf hinzuweisen, welches Thema diese Demo hatte, nämlich den Golfkrieg und nicht die Atomkraft, doch ihre schüchternen Versuche fanden keine Beachtung, sie musste nach einem Ellenbogen-Stupser von Frau Duwenkotte sogar mitsingen, im Kanon, bemühte sich, das Wort *Atomkraftwerk* möglichst undeutlich auszusprechen, sah sich besorgt um, ob über sie gelacht wurde – doch niemand schien sich an dieser thematischen Abweichung zu stören. Ganz im Gegenteil schlossen sich immer mehr Leute an, sangen »gegen das Atomkraftwerk im Land« und schwenkten ihre *Kein Blut für Öl*-Plakate dazu im Takt.

Wurde sie im Gewühl von Rajid und Frau Duwenkotte getrennt oder ließ Nora selbst los? Sie fühlte den grünen Ordner bleischwer in ihrem Tornister, blieb erschöpft stehen, wurde von ihren Klassenkamerad*innen fast umgerannt, versuchte, gegen den Strom zu laufen, zurück in die Stadt, wurde jedoch nach vorne mitgerissen und verließ den Demonstrationszug schließlich, leicht gebückt, als wäre sie so weniger sichtbar, an der nächsten Autobahnabfahrt.

Sie war verschwitzt, der Wind wehte kalt, und in diesem Moment, in der stechenden Wintersonne, die glatte, überraschend steil verlaufende Autobahnabfahrt herabgehend, fiel Nora der fremde Mann wieder ein. Ihre Denunziation dieses unschuldigen Menschen und ihre fehlende Überzeugung auf der Demo wuchsen zusammen. Auch wenn Nora das nicht so genannt hätte, kann die Erkenntnis, die sie auf der Autobahnabfahrt hatte, nur so benannt werden: Sie war schlecht.

Ein schlechter Mensch.

Es war nicht so, dass Nora sich bisher für besonders gut gehalten hatte, doch sie war schon davon ausgegangen, dass etwa die Mädchen, die anderen mit Schlittschuhen in den Hintern traten, weniger gut waren als sie selbst. Jetzt traten aber genau diese Mädchen mit energischen Schritten, mit lauten Stimmen, mit besorgten Mienen gegen den Golfkrieg an – während sie selbst sich wegen eines grünen Hefters und eines nicht ganz passenden Demo-Liedes davongeschlichen hatte.

War sie denn nicht gegen Krieg? Wollte sie, dass unschuldige Menschen starben? Dass überhaupt irgendwelche Menschen starben? Wünschte sie sich denn nicht, dass alle Menschen gesund und glücklich waren?

Nora wurde unsicher. Immerhin hatte sie schon einen vermutlich unschuldigen Menschen in Gefahr gebracht, verfolgt und verhaftet zu werden: Den fremden Mann. Und alle Südländer der Stadt außerdem. Ein neuer, ein furchtbarer Gedanke bildete sich in ihrem Kopf: Wenn es wirklich stimmte, dass sie selbst den Mann mit ihrem Blick angesprochen hatte, war ihr Ziel dann vielleicht gewesen – ohne sich dessen in diesem Moment bewusst zu sein – ihn reinzureißen? War sie ein böser Mensch, der fremden Männer ansah, ihnen eine Reaktion entlockte, um sie dann ans Messer liefern zu können? Und vielleicht sogar speziell südländische Männer? Waren das die *schlimmen Dinge*, die sie, Nora, tun wollte? *Schlimme DingeschlimmeDingeschlimmeDingeschlimmeDingeschlimmeDingeschlimmeDinge*, sagte sie sich vor. War da ein fröhliches Hüpfen des Herzens? Ein warmes Gefühl? *Schlimme Dinge*, sagte sie sich vor, *schlimme Dinge* – ja, das Herz erwärmte sich, hüpfte, so als stünde sie am Geburtstagsmorgen vor den brennenden Kerzen und alle Geschenke wären noch unausgepackt. Sie testete sich weiter, sagte sich vor: *Blut für Öl, Baum ab, ja bitte* – und wieder hüpfte ihr Herz. Es traf Nora wie ein Schlag: Es stimmte, sie war ein schlechter Mensch, ein Mensch, der Krieg wollte, der Leuten schlimme Dinge antun wollte, ein Mensch, vor dem alle Menschen und speziell fremde südländische Männer gewarnt werden mussten.

Dazu möchte ich etwas sagen, wirft Rischer ein. Sie ist sehr blass. Also, ich möchte dazu sagen, dass … dass … also: Das klingt jetzt so, als hätte ich wirklich geglaubt, ich würde extra fremde Männer anschauen, um sie dann anschwärzen zu können. Das war aber nicht so. In Bezug auf jeden einzelnen gegenwärtigen Moment wusste ich, dass ich das nicht tun würde – aber ich fand einfach keine vollkommene Sicherheit darüber, dass ich es nicht tun *wollte*. Rischer atmet tief ein und aus. Ist schwer zu erklären, sagt sie, sehr schwer. Es ist sehr schwierig, sicher zu sein, dass man etwas nicht tun wird. Etwas zu tun, ist viel leichter. Rischer atmet noch mal aus, dann schweigt sie.

Der Gedanke an die schlimmen Dinge verfolgte Nora. Die schlimmen Dinge wuchsen zu einem Wort zusammen: *Schlimmedinge*, mit dem sie sich im Sekundentakt selbst prüfte.

Nora wurde still, in sich gekehrt, es blieb ihrer Mutter nicht verborgen, dass etwas an ihr nagte. Doch ihre Versuche, Nora zu helfen, mussten ausgeschlagen werden. Denn um die Hilfe anzunehmen, hätte Nora ihr offenbaren müssen, dass sie ein schlechter Mensch war. Wenn die Mutter sie in den Arm nahm und bat: »Sag mir doch bitte, was mit dir ist, Nora!«, dann sah Nora vor ihrem inneren Auge, wie die Situation weitergehen würde. Auf ihre Offenbarung hin würde die Mutter sie loslassen, sie empört von sich stoßen, sie entsetzt ansehen. Den Trost annehmen hieße den Trost verlieren. Also schwieg sie, schrieb Klassenarbeiten, feierte Geburtstage, fuhr Schlittschuh, fütterte ihren Hamster, und sagte sich vor: *Schlimmedinge*.

Die Befreiung von den Zwangsgedanken kam unerwartet Ende Februar. Nora war gerade zwölf geworden und saß allein in der Cafeteria einer Filiale der damals noch weit verbreiteten Kaufhauskette *Horten*. Nach der Schule heimlich allein in Kaufhauscafeterien zu gehen, war etwas, das sie seit Kurzem tat und genoss. Sie holte sich einen Pfefferminztee und setzte sich an einen der vielen freien Tische. Es war ihr Lieblingstisch direkt neben dem Ausgang. Auf die Tischplatte, vor den blauen Schriftzug *Horten*, hatte jemand mit einem Schlüssel oder einem Taschenmesser die Worte eingeritzt: *Lasst euch nicht ver*, so dass dort nun zu lesen war: *Lasst euch nicht verHorten!* Nora bewunderte den Mut und das handwerkliche Geschick der Person – und ganz besonders die Wortschöpfung *verhorten*, die den Namen der Kaufhauskette in einen treffenden Ausdruck für ein diffuses Gefühl verwandelte: Dass dieses Kaufhaus und die Einkaufsstraße, in der es stand, etwas mit den Menschen machten, das nur mit der Vorsilbe *ver* zum Ausdruck gebracht werden konnte. Doch da sie schon damals gerne alle Seiten berücksichtigte und großen Wert auf Gerechtigkeit legte, bewunderte Nora ebenfalls den Großmut des Kaufhauskonzerns, der den feindlichen Slogan ganz einfach auf seiner Tischplatte stehen ließ.

Nora saß an diesem Tag also mit ihrem Pfefferminztee am *Verhortungs*-Tisch, wie sie ihn für sich nannte. Als sie den Teebeutel aus ihrem Becher zog, mit dem Löffel gegen den Rand presste und dann auf das Tablett legte, bemerkte sie, dass jemand an ihrem Tisch stand. Sie blickte auf. Es war ein mittelalter Mann, mit braunen Haaren, einem rötlichen Bart und einer eckigen Brille. Er trug einen blauen Mantel.

»Ist hier noch frei?«, fragte der Mann.

Schlimmedingeschlimmedingeschlimmedingeschlimmedingeschlimmedingeschlimme – »Nein«, sagte Nora, »leider nicht.«

Der Mann zeigte auf die drei freien Plätze an ihrem Tisch. »Aber die sind doch alle frei, oder nicht?«

Nora spürte, wie sie rot wurde. »Nein, es kommen gleich noch drei Leute.« *Schlimmedingeschlimmedingeschlimmedingeschlimmedingeschlimmedi* –

Der Mann setzte sich trotzdem zu ihr an den Tisch. »Ich kann ja gehen, wenn deine Freunde kommen«, sagte er. Dann heftete er seinen Blick auf Nora, und sie verstand in diesem Moment diese Redewendung erst wirklich: Den Blick auf jemanden heften, es war, als hätte der Mann einen Tacker genommen und seinen Blick zwischen Noras Augen festgetackert. Sie senkte den Kopf und las:

Lasst euch nicht verhorten, lasst euch nicht verhorten, lasst euch nicht verhorten! Sie hatte gelogen, sie erwartete gar keine weiteren drei Personen, sie war ganz allein. Der Mann würde merken, dass sie das nur behauptet hatte, weil sie nicht mit ihm an einem Tisch sitzen wollte. Er würde furchtbar beleidigt sein. Sie konnte ihm ja nicht erklären, dass sie nur zu seinem eigenen Schutz so gehandelt hatte.

Schlimmedingeschlimmedingeschlimmedingeschlimmedingeschlimmedingeschlimme –

Sie betete, dass der Mann bald wieder gehen würde, er hatte nur eine Tasse Kaffee vor sich stehen.

Doch der Mann blieb sitzen und starrte sie an.

Schlimmedingeschlimmedingeschlimmedingeschlimmedingeschlimmedinge –

Noras Becher war längst leer, und sie musste dringend nach Hause. Doch sie konnte nicht vor dem Mann die Cafeteria verlassen und ihm so offenbaren, dass die drei Leute nicht existierten.

Der Mann machte keine Anstalten, aufzustehen. Schließlich wurde es so spät, dass Nora gehen musste, wollte sie ihre Mutter nicht in ernstliche Sorge versetzen. Sie löste sich mit einem Ruck aus dem Blick des Mannes, stand schnell auf, um an ihm vorbeizugehen. In diesem Moment fasste er ihr fest zwischen die Beine, sie fühlte seine Hand in ihrem Schritt wie eine Reckstange, fast wäre sie gestolpert, da war seine Hand schon wieder weg.

»Deine Freunde sind wohl nicht gekommen, was?«, rief er ihr hinterher.

Nora fuhr mit der Rolltreppe nach unten und kontrollierte dabei immer wieder mit einem unauffälligen Blick über die Schulter, ob der Mann ihr folgte. Er tat es nicht.

Sie ging durch die Fußgängerzone zur Bushaltestelle, immer wieder überprüfend, ob der Mann hinter ihr war, wartete auf den Bus und stieg ein. Noch immer war der Mann nicht zu sehen. Die Türen schlossen sich, der Bus fuhr los.

Sie atmete auf, sah aus dem Fenster und genoss das Gefühl der Erleichterung, das nicht nur mit ihrem Entkommen zu tun hatte. Noch etwas anderes, zunächst kaum Benennbares erleichterte Nora, und auf einmal – der Bus fuhr gerade am Freibad vorbei und ihr zog reflexhaft der Geruch von Chlor gemischt mit altem Fett in die Nase – fiel es ihr auf: Der Refrain *Schlimmedingeschlimmedingeschlimmedinge* hatte ihren Kopf verlassen. Und noch etwas Unglaubliches geschah: Er kehrte nicht zurück, als Nora auffiel, dass er verstummt war. Und so blieb es. Sie fuhr nach Hause, machte Hausaufgaben, aß mit den Eltern zu Abend, putzte sich die Zähne, ging ins Bett, und die Gedanken kamen nicht wieder. Nora stellte das zunächst vorsichtig tastend fest, in der Angst, der Refrain könne doch wieder einsetzen. Erst in den nächsten Tagen wurde sie mutiger, sagte sich: *Schlimmedinge* – und nichts geschah. Sie war frei.

25.

Unter uns gibt es Unruhe, viele fühlen sich mit dieser Erinnerung Rischers nicht ganz wohl. Wirkt es nicht so, überlegen sie, als wäre ein sexueller Übergriff ein gutes Heilmittel für Zwangsgedanken? Und überhaupt habe es so geklungen, als wäre die konsequente Verfolgung von sexueller Gewalt und Rassismus daran schuld gewesen, dass Nora in die Zwangsgedanken hineingeriet. Als wäre es besser gewesen, Lehrer*innen und Eltern hätten ihre Geschichte von dem fremden Mann nicht ernst genommen. Oder als wäre es besser gewesen, die Mutter hätte ihr verschwiegen, dass Frau K.s Kategorisierung des fremden Mannes als *südländisch* diskriminierend war. Als wäre Nora ein Opfer des Antirassismus.

Nein, nein, schreit Rischer, das wollte ich keinesfalls behaupten, wirklich nicht! Es war doch nur in meinem Fall so, weil das alles so kompliziert war und verquer und –

Ist ja nicht so schlimm, Frau Rischer, stellen einige von uns fest.

Rischer nickt, ja gut. Sie scheint schon wieder etwas ruhiger zu werden.

Schön, Frau Rischer, sprechen einige von uns weiter beruhigend auf Rischer ein. Ist doch wirklich alles halb so wild. Vielleicht ist es sogar möglich, diese Erinnerung ins – wie formulierten Sie es vorhin so schön, Frau Rischer? – ins Konstruktive zu überführen. Lassen Sie uns doch mal schauen, was wir da so an Elementen haben, und welche positivere Erzählung man daraus bauen könnte.

Jetzt wirkt Rischer irritiert, bauen, ins Konstruktive überführen? Aber es war doch nun mal so! Das ist Fakt!

Das ist nicht gesagt, Frau Rischer, wird unter uns widersprochen. Gerade Ihnen müsste klar sein, dass auch Erinnerungen Konstrukte sind. Geschichten, die wir uns erzählen. Und was spricht dagegen, diese Geschichten ein wenig positiver, ein wenig lebensbejahender zu gestalten? Sind Sie denn völlig sicher, dass die Zwangsgedanken nach der Anti-Golfkriegsdemo auftauchten? Könnte es nicht sein, dass Sie, Frau Rischer, vielmehr auf der Demonstration von den Zwangsgedanken erlöst wurden? Durch das positive Gemeinschaftserlebnis?

Nein, Rischer verschränkt die Arme vor der Brust, so war es ganz bestimmt nicht. Die Gedanken kamen nach der Demo. Auf der Autobahnabfahrt. Das ist Fakt.

> **Die Lektorin**
> Also, dass Anton meine vorsichtigen Änderungsvorschläge gleich der Wir-Stimme in den Mund gelegt hat, das finde ich schon schwierig. Das finde ich wirklich schwierig. Es ist doch etwas anderes, vorzuschlagen, einen literarischen Text etwas konstruktiver zu gestalten, als jemanden dazu bringen zu wollen, sich anders zu erinnern.

Wird Rischer unsicher?, fragen viele von uns.

Rischer bleibt stehen und reibt die Hände aneinander, sie hat kalte Finger. In Bezug auf den Beginn der Zwangsgedanken bin ich sicher, sagt Rischer. Aber ist es vielleicht möglich, grübelt sie, dass ich den fremden Mann bei Horten in der Erinnerung mit anderen Männern vermische, von denen ich begrapscht wurde? Dass der bei

Horten sich bloß – aber immerhin! – gegen meinen Willen zu mir gesetzt hat? Und passt es nicht ein wenig zu gut, dass auch der Mann bei Horten einen blauen Mantel trug? Rischer hat den Horten-Mann genau vor Augen – aber ist er wirklich der Horten-Mann? Und hat er ihr tatsächlich zwischen die Beine gefasst? In der Kaufhauscafeteria?

Wenn Sie da nicht mehr ganz sicher sind, Frau Rischer – könnten dann auch weitere Elemente dieser Erinnerung in einem anderen Zusammenhang stehen? Könnte es sein, dass die Geschehnisse weniger verdichtet und kausal verknüpft auftraten, als sie es in Ihrer Erinnerung nun sind? Woraus besteht denn eigentlich der Kitt, Frau Rischer, der diese Ereignisse in ihrer Erinnerung zusammenhält?

Kitt? Rischer weiß nicht, was das heißen soll. Es war doch einfach so!

Ist dieser Kitt, Frau Rischer, vielleicht Ihr heutiger Blick auf die damalige Zeit? Ein Blick, der geprägt ist von einem diffusen Unbehagen, das Sie seit einigen Jahren in Bezug auf unser gesellschaftliches Klima verspüren?

Unbehagen? Rischer weiß gar nicht, was wir damit meinen. Gesellschaftliches Klima?

Ein Klima, dessen Wurzel Sie, Frau Rischer, auch in dem linksliberalen Milieu vermuten, in dem Sie aufgewachsen sind? Könnte es sein, dass Ihr Blick auf damals gefärbt ist von Ihrer aktuellen Wahrnehmung, dass heutzutage zu viel moralisiert wird? Dass es heutzutage eine allgemeine Angst vor Ambivalenz und Mehrdeutigkeit gibt, eine Bereitschaft, vermeintlich moralisch schiefliegende Personen mit überlegenem Hohn zur Räson zu bringen?

Rischer errötet. Unsinn. Ich empfinde kein Unbehagen!

Stimmt nicht, rufen viele von uns, stimmt nicht, Rischer

empfindet sogar jede Menge Unbehagen! Sie will es nur nicht zugeben!

Rischer bleibt stehen und wippt auf den Zehenspitzen, nein, sie empfinde wirklich kein Unbehagen, keinerlei Unbehagen! Sie habe bloß kalte Füße.

Könnte es trotzdem sein, Frau Rischer, dass die Demo, die Männer im blauen Mantel und die Zwangsgedanken gar nichts miteinander zu tun haben? Könnte es sein, dass Sie sich auf der Demonstration zwar an dem unpassenden Lied störten, dass Sie zwar den grünen Ordner angelegt hatten, dass Sie sich zwar fragten, ob die Dinge nicht komplizierter lägen als der Slogan *Kein Blut für Öl* suggerierte – dass Sie die Demo jedoch einfach verließen, weil Ihnen zu kalt war? Dass Sie in die Horten-Cafeteria gingen, um sich aufzuwärmen? Zusammen mit Elif und Rajid? Dass deshalb in Ihrem Gehirn die Demo mit Horten verknüpft ist?

Rischer schüttelt den Kopf, nein, das kann nicht sein, Elif war bei der Anti-Golfkriegsdemo krank. Mit Elif und Rajid war ich ein Jahr später in der Karstadt-Cafeteria, nach der Lichterkette gegen Ausländerfeindlichkeit und Fremdenhass, weil uns da nämlich wirklich kalt war. Bei Horten saß ich immer allein, und dort hat der fremde Mann mir zwischen die Beine gefasst. So. Darauf bestehe ich jetzt! Das ist Fakt, und jetzt Schluss damit! Rischer läuft mit schnellen Schritten weiter, sie kann das Hauptgebäude der Uni schon sehen, und diejenigen, die sich für Rischer engagiert haben, die Rischer dabei helfen wollten, diese Erinnerung ins Konstruktive zu überführen, haben jetzt keine Lust mehr. Soll Rischer ihren Mist doch allein machen.

Geht doch, sagt Rischer, verpisst euch doch. Ich kann

nichts daran ändern, es war nun mal so. Der Mann hat mir bei Horten zwischen die Beine gefasst. Hört ihr?

Die sind längst weg, Frau Rischer.

Das scheint Rischer jetzt doch zu treffen – aber was soll sie tun? Es war halt so, sagt Rischer noch einmal. Es ist einfach so, dass der sexuelle Übergriff ein integraler Bestandteil dieser Erinnerung ist. Dass er mich von den Zwangsgedanken befreit hat.

Und warum haben Sie dann vorhin keine spezifische Triggerwarnung wegen sexualisierter Gewalt ausgesprochen, Frau Rischer, wird unter den noch Anwesenden gefragt. Sie haben nur wegen der Darstellung militärischer Konflikte und psychischer Probleme gewarnt.

Ach so, sagt Rischer. Stimmt. Ja, da hätte ich dran denken können.

Ja, daran hätte Rischer denken müssen, stellen viele von uns fest. Das Problem ist nur: Rischer hat den Übergriff offenbar gar nicht als sexualisierte Gewalt abgespeichert – sondern als das, was einem als Mädchen und Frau eben so passiert im Leben.

So ist es ja auch, murmelt Rischer, es passiert einem, es ist mir nicht nur bei Horten passiert, sondern auch in der Fußgängerzone, in der Bibliothek, im Bahnhof, auf Bahnsteigen, auf Rolltreppen, in Wartschlangen … ein kurzer Griff und weiter, manchmal habe ich im Gedränge nicht mal feststellen können, wer das war. Doch ja, sagt Rischer, ja, eigentlich war das sexualisierte Gewalt … Rischer schüttelt den Kopf. Es stimmt ja, ich hätte doch aufschreien müssen, ich hätte die ganze Kaufhauscafeteria zusammenbrüllen müssen!

Na ja, Frau Rischer, das klingt jetzt zwar überzeugend, aber – würden Sie das denn heute tun? Haben Sie das in den nicht wenigen Situationen getan, in denen Sie als Erwachsene begrapscht wurden? Damals im Sommer, als sie in der S-Bahn saßen, wie vorhin, nur ohne die Tüten, sondern mit einem verschwitzten Mann, der Ihnen auf der langen Strecke ohne Halt zwischen Grunewald und Nikolassee zwischen die Beine fasste? Da waren Sie doch schon über dreißig? Und was haben Sie da gemacht?

Ach das, das war doch nichts, antwortet Rischer. Ich bin aufgestanden und habe mich woanders hingesetzt.

Und dann?

Na ja, dann ist er mir halt hinterhergekommen und hat mir noch mal zwischen die Beine gefasst.

Und dann, Frau Doktor Rischer?

Meine Güte, dann habe ich mich eben wieder woanders hingesetzt. Rischer winkt ab. Was soll die Fragerei überhaupt? Das führt doch zu nichts!

Wie man's nimmt. Die Fragerei führt genau genommen an den Bahnhof Potsdam, wo Rischer damals ausstieg und sich, ganz ähnlich wie mit zwölf Jahren, auf einer Rolltreppe entfernte, mehrfach möglichst unauffällig zurückschauend, ob der Mann ihr folge.

Rischer zuckt mit den Schultern. Er ist mir aber nicht gefolgt. Letztlich ist nichts Schlimmes passiert.

Nichts Schlimmes?

Rischer lächelt überlegen, denn wir geraten ein wenig in Rage, und in Rischers sozialem Kosmos ist der übermäßige Ausdruck von Emotionen ein Zeichen von Schwäche. Wir wollen es also ruhig und sachlich formulieren: Rischer nimmt Grenzüberschreitungen anderer Personen gerne in Kauf, wenn sie damit eine Grenzüberschreitung ihrerseits vermeiden kann. Hätte sie den Mann angeschrien, wäre es möglich gewesen, dass Unbeteiligte sie für aggressiv hielten, sich die Täter-Opfer-Relation um ein Mü verschieben, Rischer zur Schuldigen werden könnte.

Das wäre ihr unerträglich.

Die Nachbarstochter

Das hat Anton tatsächlich gar nicht schlecht getroffen: Personen, die weiblich gelesen werden, erleben ständig solche Angriffe, sind aber leider so auf Harmonie und Ausgleich sozialisiert worden, dass es ihnen schwerfällt, sich zu wehren. Und dann müssen wir uns auch noch rechtfertigen, warum wir uns nicht gewehrt haben. Trotzdem fühle ich mich irgendwie nicht wohl damit, dass Anton das als Mann schreibt. Eigentlich kann er das ja gar nicht wissen.

Der Proktologe des Autors

Horten? Dieses Kaufhaus gab es hier in Westberlin gar nicht, das kannte ich nur aus Westdeutschland. Dafür hatten wir Bilka. Und Wertheim. Und Hertie, aber das gab es in Westdeutschland auch. Ach nee, Moment, wir hatten doch ein Horten-Kaufhaus! Im Märkischen Viertel. Aber da war ich so gut wie nie.

Der Literaturkritiker

Ein zwölfjähriges Mädchen, das allein in eine Kaufhauscafeteria geht? Schulen, die ihre Schüler ungefragt auf politische Demonstrationen schleppen? Eine erwachsene Frau, die sich nicht gegen sexuelle Übergriffe wehrt? Unrealistisch. Unrealistisch und unglaubwürdig. Aber leider hat die deutsche Gegenwartsliteratur die Auseinandersetzung mit der Realität ja weitestgehend aufgegeben.

26.

Moment mal, Rischer stutzt, ist das da vorne nicht Frau X?

»Frau X? Frau X? Ich muss Sie was fragen!«

Frau X hört Rischer nicht, oder Frau X tut so, als würde sie Rischer nicht hören. Frau X taucht in die Studierendenmassen ab, die in Richtung Uni ziehen.

Rischer rennt hinterher.

27.

Am Nachmittag des Tattages verfolgt die vierundvierzigjährige Universitätsdozentin Dr. Nora R. die aus der Volksrepublik China stammende Studentin Frau X. quer über den Campus und stellt sie schließlich in der Mensa. Frau X. hat soeben an der Kasse gezahlt und geht mit einem schwer beladenen Tablett in Richtung Speisesaal. Dr. Nora R. tritt an die Studentin heran und ruft dabei aus: »Frau X!«

Die Studentin bleibt stehen, sieht Dr. Nora R. und lächelt.

»Frau X«, keucht Dr. Nora R. atemlos, »ich wollte Sie nur kurz was fragen wegen Ihrem Referat in meinem Seminar. Fanden Sie meinen Kommentar rassistisch?«

»Wie bitte?«, fragt Frau X. höflich zurück.

»Ras-sis-tisch«, sagt Dr. Nora R. etwas lauter.

»Ras-sis-tisch?«, wiederholt Frau X, »ach so, rassistisch!«

Dr. Nora R. zittert, macht eine Bewegung, als wollte Sie Frau X. sanft berühren, und Frau X. lässt ihr Tablett fallen. Alle fünf Essenskomponenten – Geschnetzeltes, Gemüse, Spätzle, Salat, Schokopudding – und Selters landen Dr. Nora R. zu Füßen. Dr. Nora R. bückt sich, um alles aufzuheben, Frau X. bückt sich ebenfalls, aber das will Dr. Nora R. offenbar nicht, sie versucht, Frau X. wegzuwedeln, doch Frau X. lässt sich nicht wegwedeln, ganz im Gegenteil greift sie sich das Tablett, genau in dem Moment, in dem Dr. Nora R. es nehmen will, sie ziehen beide daran, und dann sagt jemand in Dr. Nora R.s Rücken: »Och nö, die Kimchi hat ihr Tablett hingeschmissen! Na ja, die essen zu Hause ja eh vom Boden.«

Dr. Nora R. und Frau X. lassen los, das Tablett fällt klappernd zu Boden.

Dr. Nora R. flieht nach draußen.

Herr L.

Er glaube schon, dass »Fidschi« und »Kimchi« in Deutschland als rassistische Ausdrücke verwendet würden, so Herr L. Wenn nicht, habe er die Äußerung des Mannes im Fahrstuhl falsch verstanden, aber er glaube, dass er sie richtig verstanden habe.

Er habe genau das gemacht, was Frau Doktor Rischer ihnen gesagt habe, dieses Krisenexperiment: Er sei in einen vollen Fahrstuhl gestiegen, in der großen Mall am Alexanderplatz, Alexa heiße die, sei dann mit dem Gesicht zu den anderen Fahrgästen stehen geblieben. Er habe sich also nicht zur Tür gedreht. Das sei das Krisenexperiment, er habe es genauso ausgeführt, wie Frau Doktor Rischer gesagt habe. Und es habe gut funktioniert. Die Leute seien sofort unruhig geworden. Das Gesicht eines Mannes sei rot angelaufen. Der habe gerufen: »Hältst du dich für was Besseres, Fidschi? Meinst du, unsere Regeln gelten nicht für dich? Ich hau dir gleich in die Fresse, Kimchi!«

Er sei im nächsten Stockwerk ausgestiegen, so Herr L.

28.

Rischer sitzt vor dem Mensagebäude auf den kalten steinernen Stufen und sieht orientierungslos aus. Wir müssen uns Sorgen um sie machen.

»Frau Rischer!« Das ist Frau Lohenstein. »Wo waren Sie denn? Wir haben Sie vermisst im Institutsrat!«

Rischer tippt in ihr Telefon und reagiert nicht.

Neue Nachricht
Rischer@uni-berlin.de
An: Referat_gegen_Rassismus@uni-berlin.de
Betreff: Re: Rassistischer Vorfall an unserer Uni

Liebe Mitglieder der Universität,

in einem meiner Seminare kam es letzte Woche zu einem rassistischen Vorfall. Ich möchte mich in aller Form für meine fehlende Sensibilität in dieser Situation – und auch in anderen Situationen – entschuldigen. Ich werde daran arbeiten, mich nicht diskriminierend zu verhalten, Diskriminierungen zukünftig schneller zu erkennen und deutlich zu verurteilen.

Ich bitte die Betroffenen ausdrücklich um Entschuldigung.

Rassismus darf es an unserer Universität nicht geben!

Mit freundlichen Grüßen
Nora Rischer

Dr. Nora Rischer
Vertretung der Professur für Soziolinguistik
Universität Berlin
Institut für Germanistik

29.

Rischer ist anscheinend zur Vernunft gekommen. Sehen Sie, Frau Rischer, es ist doch gar nicht so schwer, das Richtige zu tun.

Dann schicken Sie diese E-Mail jetzt ab, fordern einige von uns Rischer auf.

Rischer presst die Zähne aufeinander.

Warum zögert Rischer denn noch, drängeln viele. Der Institutsrat ist doch sowieso schon vorbei, und ohnehin braucht Rischer da nichts zu besprechen, der Fall liegt ja klar. Die Entschuldigung ist formuliert.

Aber Rischer fürchtet noch die Konsequenzen. Wird die Entschuldigung ihre Karriere zerstören? Wird es Demonstrationen vor ihren Seminaren geben? Wird ihre Vorlesung gestürmt werden? Werden die Medien sie noch anfragen? Werden andere Äußerungen Rischers ausgegraben werden, zum Master *KleKraBe*, zum SPD-Ostfriesen, wird man ihre Dissertation kritisch beäugen –

Sie sehen das vollkommen falsch, Frau Rischer, die Entschuldigung dient ja gerade Ihrer Rehabilitation. Danach ist alles wieder gut.

Und, Frau Rischer, ergänzen einige von uns, denken Sie doch an die Möglichkeiten, die Sie haben, wenn Sie erst mal auf der richtigen Seite stehen! Sie könnten den Vorfall im Möbelhaus in den sozialen Medien posten, zusammen mit einem Bild der vor dem Gebäude wehenden Regenbogenfahnen, da springt bestimmt mindestens ein Gutschein für Sie heraus, Sie könnten Frau Duwenkotte (die nun, nach ihrer Pensionierung, an der Uni Hannover einen Lehrauftrag zum Thema *Diversität und Klassengemeinschaft* hat, googeln Sie es selbst, Frau Rischer!), dieser Heuchlerin also könnten Sie dreizehn lebensgroße Cousins aus Holz vor die Haustür stellen. Oder – noch besser – dreizehn Schauspieler engagieren, die Frau Duwenkotte als dreizehn Cousins überallhin folgen! Wie wäre das?

Na ja, finden viele von uns, das führt doch vielleicht etwas weit, und Rischer ist sowieso woanders, sie muss aufstehen, sie muss sich durchwühlen, den Weg in Richtung Hauptgebäude einschlagen, denn gleich beginnt Rischers Seminar.

Ich werde die Entschuldigung kurz im Seminar verlesen, beschließt Rischer – und meint zum Glück die zweite Entschuldigung, die wirkliche Entschuldigung – und dann schicke ich sie gleich ab.

Gut, Frau Rischer, sehr gut!

30.

Rischer schließt den Beamer an das Notebook an.

»Alles gut?«, sagt der Studierende in der ersten Reihe.

»Alles gut«, sagt Rischer.

Es ist Viertel nach vier.

»Ich begrüße Sie zur heutigen Sitzung. Bevor wir inhaltlich einsteigen, möchte ich noch ein paar Worte in eigener Sache …«

Rischers Handy leuchtet auf.

Heute um 16:15
Hollerbruch@uni-berlin.de
An: referat_gegen_rassismus@uni-berlin.de
Re: Betreff: Rassistischer Vorfall an unserer Uni

Liebe Mitglieder der Universität,

in einem meiner Seminare kam es letzte Woche zu einem rassistischen Vorfall. Ich möchte mich in aller Form für meine fehlende Sensibilität in dieser Situation entschuldigen. Ich werde daran arbeiten, Diskriminierungen zukünftig schneller zu erkennen und deutlich zu verurteilen.

Rassismus darf es an unserer Universität nicht geben!

Mit freundlichen Grüßen
Joachim Hollerbruch

Prof. Dr. Joachim Hollerbruch
Professur für Sprachphilosophie
Universität Berlin
Institut für Germanistik

Über die Autorin

Jana Scheerer, geboren 1978, ist promovierte Germanistin und kennt das skurrile Potential universitärer Strukturen aus mehreren Jahren als wissenschaftliche Mitarbeiterin. Unter anderem hat sie sich analytisch mit politischer Kommunikation beschäftigt, war Stipendiatin des Literarischen Colloquiums Berlin und wurde für ihr erstes Buch *Mein Vater, sein Schwein und ich* (2004) mit dem Literaturpreis Prenzlauer Berg ausgezeichnet. Bei Schöffling & Co. erschienen außerdem die Romane *Mein innerer Elvis* (2010) und *Das Meer in meinem Zimmer* (2020). *Die Rassistin* ist, neben zahlreichen Kinder- und Jugendbüchern, ihr vierter Roman. Jana Scheerer lebt in Berlin.

Jana Scheerer

Mein innerer Elvis

Roman

248 Seiten. Farbiges Metallic-Leinen mit Schriftprägung

ISBN: 978-3-89561-351-7

Elvis lebt. Davon ist Antje, wie Tausende anderer Fans des King of Rock 'n' Roll, überzeugt. Und er will sie an ihrem sechzehnten Geburtstag treffen. Tatsächlich beschließt die Familie, den Sommerurlaub in Amerika zu verbringen.
Es gibt nur ein Problem: Antje ist mit ihren Eltern und der kleinen Schwester Klara in der falschen Richtung unterwegs. Die Niagarafälle stehen auf dem Programm – dabei will Antje dringend nach Graceland! Dass Nelly, Antjes zunächst gar nicht geliebte »Freundin«, dabei ist, macht die Sache nicht besser. Doch ihr plötzliches Verschwinden eröffnet ungeahnte Möglichkeiten: Graceland scheint in greifbarer Nähe. Antje macht sich auf den Weg.

»Eine quietschbunte, lustige und lockere Geschichte über Musik und das Leben, die auch jenseits der Sechzehn herrlich amüsant und lesenswert ist.«
Melissa Beyel, *Deutschlandfunk*

»Scheerer baut wundervoll komische Situationen und erfindet schrullige Figuren, macht raffinierte Andeutungen und entwickelt geistreiche Dialoge (…).«
Hartmut El Kurdi, *DIE ZEIT*

»Ich habe lange keinen so kuriosen, liebevollen, lustigen Familienroman gelesen. (…) Jana Scheerer tröstet einen mit dieser Geschichte nachhaltig über die Schrullen des eigenen Klans hinweg.«
Antje Deistler, *WDR 2*

Jana Scheerer

Das Meer in meinem Zimmer

Roman

256 Seiten. Gebunden. Lesebändchen.

ISBN: 978-3-89561-352-4

Als Jolandas Vater Pax kurz vor ihrem Abitur stirbt, kann ihre Mutter es nicht fassen. Jolanda muss ins Krankenhaus, um nachzufragen, ob er wirklich tot ist. Es stimmt – Ex um drei Uhr dreiundzwanzig, wird ihr mitgeteilt. Doch ihre Mutter weigert sich, seinen Tod zu akzeptieren. Verwirrt und wie gelähmt spielen Jolanda und ihre jüngere Schwester Lilli das Spiel mit. Doch die künstliche Normalität ist brüchig. Erinnerungen an das Leben mit Pax holen Jolanda ein: Die Nordseepension, die er betrieb, ohne je einen Gast zu haben. Seine aufbrausende Unberechenbarkeit. Seine leidenschaftliche, wütende, irrsinnige Suche nach einem verschollenen Schiffswrack. Als die kleine Lilli voller Verzweiflung nachts ins Watt läuft, um nach dem Vater zu suchen, führt das Leugnen seines Todes fast in die Katastrophe. Jolanda muss handeln.

Jana Scheerers Roman *Das Meer in meinem Zimmer* erzählt von einer Familie, die ihr Zentrum verliert und sich neu finden muss – alle zusammen und jede für sich allein.

NDR – Buch des Monats Juli 2020

»Man hört Jolanda denken, sprechen, fühlen: Diese beim Lesen entstehende Nähe ist der Kompass, der einen durch dieses Buch führt. Wie durchs Watt, bevor die Flut kommt.«
Peter Helling, *NDR Kultur*

»Eine stille Geschichte vom Abschiednehmen und Loslassen vor einer phantastischen Kulisse: einem alten Haus auf einer Hallig nahe der Nordseeküste.«
Jacqueline Masuck, *der divan*

»Jana Scheerer hat absolut einen eigenen Ton! Erbarmungslos legt sie die Struktur dieser Familie bloß, die sich gegenseitig kaum Liebe und Anerkennung schenkt. Das macht sie aber nicht schwer und düster, sondern unglaublich komisch, witzig und mit viel Ironie.«
Kirsten Jahn, *Thalia*